香港城市大學中文及歷史學系
創系十週年叢書
10

梨貝街6號

從城市變奏到不存在的城

陳志堅 著

中華書局

香港城市大學中文及歷史學系
創系十週年叢書總序

客人來訪，都説香港城市大學方便，以其連接交通樞紐，毗鄰購物商場。商場被學生戲稱為「白區」，從白區穿越時光隧道，通過紅門，進入紫綠藍黃紅區，便是大學。的確，校園商場，幾近無縫接軌，大學在城市之中，城市也在大學之內。在大學的某個角落，有一個「中文及歷史學系」，師生們也在埋首研究和書寫城市。中文及歷史學系由創系系主任李孝悌教授建立之初，即以中國口岸城市研究為主要發展方向。光陰荏苒，轉眼十年，是時候交些功課，本輯「創系十週年叢書」，即立意於此。

我們去年年末邀請一些同仁為叢書撰著，今秋陸續收成，發現大家竟不謀而合地皆論及或立足於城市，且古今相投，前後呼應。古代方面，有兩千多年前的楚都紀南城（沈德瑋），千多年前的長安與上黨（呂家慧）、寧波和日本福岡與奈良（李怡文）。近代方面，有兩本不約而同地以十九至二十世紀的香港為主題（程美寶、陳學然），但一旦講到香港，便不得不論及鄰近城市。有兩本分別追溯蕭紅在哈爾濱和上海（劉東）、饒宗頤在新加坡（楊斌）的人生軌跡，但這兩位主角最終都魂歸香港。二十、二十一世紀之交，人類學家（曹南來）遠赴巴黎、羅馬，尋覓的卻是溫州的身影。即便是文學創作，兩位作家（馬家輝、陳志堅）既生於斯長於斯，自然亦從香港出發，或在九龍碰上李小龍，或到上海尋覓魯迅。

倘若讀者覺得老師們的文筆太老氣橫秋，不妨來點「小清新」，讀讀城大本科生的文學創作——特別感謝潘步釗博士和陳志堅博士兩位中學校長為本系開設文學課程，給學生悉心指導，並多年擔任本系主辦的「城市文學獎」顧問和評判。二人合編《城市微縮》，收入本系和城大其他學系本科和碩士生的散文作品，他們對同學的讚許和鼓勵，想必比本校老師更為中肯。同時要感謝的，是本系同事范家偉，他編輯《鑽燧薪傳》，收入多年來碩博士在讀和畢業生的學術論文，邀請校外人士評審，敦促同學改進，一如既往地為學系的研究生教育嚴格把關。

同事們平日在辦公室大部分時間都埋首書齋，即便在走廊碰面，也只是匆匆點頭問好，隨即返回自己的天地，所謂君子之交是也。師生在課室相見，花開花落，又是一個畢業季，又是一個開學日，都未必記得彼此的名字。同事師生間的相識與相遇，儼如城市行人擦身而過，份屬隨緣。猶幸的是，「叢書」將接近五十位作者和編者通過文字和出版聯繫在一起，有史學有文學，由考古學到人類學，自戰國時代至二十一世紀，給讀者呈獻一趟歷經古今中外數十個城市的超時空之旅。各部作品體例不同，寫作風格有異，但都不會因為篇幅短小便顯得內容膚淺，而是盡量做到言之有物。讀者若能從叢書序號 1 讀起，一本一本讀到第 12 號，浸沉在昔日都城的繁華盛世，看到它們煙飛灰滅或今不如昔，則對自身有生之年所目睹的城市興衰，不會感到不解或感傷。最後讀到年輕人的寫作，聆聽他們對城市的觀察與隨想，理解他們在微縮的時空裏，如何把文字化作一道掌風，對抗遺忘，最終夢遊至那「不存在的城」，也許便是希望所在，亦算是我們出版本叢書的一個不經意的成果。

程美寶、陳學然 謹識

2024 年秋冬之際，深水埗與九龍塘之間

目錄

東京及其他

那個不存在的城

自　序

遠處窗櫺裏的故人臉

而我沒想過風從窗外吹來，竟吹奏了窗櫺的掛鐘，吹散了桌上的稿子，翻開了稿子下一張張故人的臉。

那個本來不存在的城終於顯露，城裏人從一開始已沒有既定的身世，既認不清來時路，也不知道去向，城裏人也只有一個共同的想願，就是要把各自破落了的窗櫺重新安好，因為窗櫺外有曾經相識的故人在等待，在彼此等待的樓房之間，故人的臉只能以風傳遞，無聲又無色，然而，卻又是清晰可見的。然後，為了讓從前的回憶重新浮現，我最終還是在窗櫺邊提筆，在原稿紙上一一寫下你的名字。

《梨貝街 6 號》是個人第六本作品集，以城市為據，書寫個人對於香港、上海、台灣和東京等的印象。

這幾年有了個人對於城市所產生的新詮釋，班雅明筆下現代化導致城市靈韻的失去，我將之解讀為靈魂與韻律的消逝，那就是城市的精神意義和表現形式在現代化下所產生的角力，最終因着速度而令原好的面貌消隕，如失去一張初生嬰孩潤滑的臉。然而，這幾年走訪各地城市，才發現各個地方依然能保存各自獨有的歷史感和文化維度，最終因着城市固有的底蘊，城市仍舊能展現從前的美態和哲學。這本書要書寫的就是不同城市的本相，在後現代的感知過度膨脹之下，城市原來的意圖其實可再次被看見，城市本來的魅力亦得以重新被還原。

於是，在考究作品的表現形式時，最終決意將各地書寫以散文方式表述，至於不存在的城則以小說形式展現，一來是在現實和虛構之間掙扎，也意欲說明，其實虛構有時比起現實更加真實。本書作品有未曾發表的，又有部分曾收錄於近作《記憶的錯序》，也有部分曾於不同文學雜誌發表，如發表於《香港文學》等。

書名取自首篇〈梨貝街 6 號〉，一所在許多人心裏無可取代的學校，是我所鍾愛的地方。梨貝街短小，卻顯出意義。

再次回到窗櫺前，提筆書寫城市的意義，窗外吹來的風終於平息了，沒有吹翻桌上的原稿紙。端看故人的臉終究沒有滲透於原稿紙之上，卻根本地融進文字之內，也不經意地，成為，保存。

香港

梨貝街 6 號

又起風了，風自山谷吹奏，迴旋之聲剛好與一抹暈黃的光影交疊，然後在沒有靈韻的大都會中掠過。風之谷不是偶然，你老早預判了那時間縫隙中的前路，卻原來怎樣也無法逃離命定中繁雜的人和事，如烙印般化作赤紅的淚痕，默然如鏤刻的瓶子，儼然困囿於自我的折騰中。後來，你終於在無風之地想起了梨貝街，想起街道的短小狹陋，想起從前在街上聽見陌生的呢喃，在歡天喜地之間曾挺過曲折的星光，無法複製的精爽，原來，梨貝街仍舊是你最渴想的宇宙。

終於，我明白，城邦荒原中的那抹湛藍，根本地已成為眾多過渡者的永恆救贖。

在美麗與哀愁之間，到底有誰想起金山？那一畦青綠，你們從前無法全然萃取，金山之遙，只作凝視。故此，我再次向你查問，如今的窘匱豈不是來自空氣中無法溶解的咒語？你就甘願在這琉璃之城浮想聯翩，還是，你會再次尋回使你永保青春的秘密？不要忘記梨貝街的清麗，仍然一直為你的變奏而存有，只要你願意回來，回來六號居庭，那永恆的家，你會發現這裏仍然有人念你的名字。

你仍能記起來嗎？梨貝街的短小，西起石籬一邨石逸樓，東至石籬二邨石華樓，一拐彎就是石排街了。那個九十度的彎角有道微型流水，你視之為梨貝之流，每逢經過，你也會稱謝神恩。你說流水來自金山，也就是石梨山，你曾問我石梨山上有沒有石梨，我說恩典不夠你用，而那時候，你真以為這世上沒有比石梨更美好的地方。直至後來，你閱讀文獻得悉上個世紀這裏有人開闢梯田耕種，石籬原來曾經是徙置區，你問我這裏仍是世上最美好的地方嗎？我告訴你是，你卻默然無聲。

直至有天，你終於發現自己沒辜負那梨貝街的躍動，你說最美的恩典來自初衷，那就是闖進世界異域中做你未曾做過的事。你的確有過幾段被視之為成功的日子，它將你帶進眼前的瑰麗玄黃，而你卻沒發覺，你已逐漸忘卻了對永恆的珍視。於是，你建造了屬於你的家，那個稱之為家的燈火燃亮，亮度觸及成就，同溫層裏沒有可比擬的。石籬區興建了如雍澄軒那種私人樓宇，你好不容易住進內室，生活在屬於你的恆熠星輝之中，而你也從那一刻開始忘記了梨貝街的渴想，那世上最美好地方的想像。

磨人的秋夜始終如風吹奏，那夜無眠，你獨自走過石籬探奇遊樂場，也稱作三層公園，是有位外國設計師設計的雕塑式遊樂場，然而你已無法理解公園的新奇，因為你正在感受孤獨。我想你真的累了，累得忘卻了梨貝街的教導，你忘記了你聽過，記憶會如流水消逝，美好無法把握，唯有孤獨永恆。只是現在你身歷其中。

你反覆追溯從前，也追問自己，你不是已經拼了命追逐，在各種職位上滿足了人的想望，那如今所遭逢的命運，是不是那命定中的權力分配，而你的遭遇也是命定中被分配到的角色而已。那些人總是在人家真誠地處事時，添加那些不可理喻的情由，而且無可預兆。現在你已為自己的遭遇感血脈賁張，為甚麼你的人生不可以是你的，他們的人生只管是他們的，你縱然無處容身，但他們憑甚麼審判你的靈魂。你已抵受不了生命秩序，除了悵望千秋，雲雨荒台又豈是夢思。

你終於安靜下來，秋天的淚特別催情，你完全無法作自己的救贖，只好含淚到天明。風自公園後頭再次吹奏，然後歸於平靜，你仰望星空，星空唯美，黑稠的天與湛藍的色澤，你終於發現，原來仍然有仰望星空的可能。那夜，你終於想起了梨貝街，和從前的六號居庭。你想起了六號家常，想起了從前雖然童騃無所識，卻在愛中慢慢增長；想起過去童稚初長成，然而樂也無窮。你終於明白，原來愛是那麼短，遺忘是那麼長。

你再次穿越石排街而上，多年來首次踏進梨貝街，你經過那個熟稔的巷口，那道九十度彎角的川流仍在，念茲在茲。金山之下沒有吹奏的風，在無風之地你平生再次融進梨貝街日常。你走在從前的赤道上，輕熟的瞬間，你感到平穩和舒徐，然而孤獨變奏，你終於發現自己原來已不能再次成為從前的你，因為慾望是簡單的，快樂卻是複雜的。如果可以，你不想再次慾望一座城市，你只想慾望自己的快樂，且幸福着自己的幸福。你終於為到自己平生的抉擇而後悔、失落和哀傷，你只記起那沒問情由的噬咬，和感受着靈魂枯乾的速度，梨貝街的美好不再屬你，也不想追認，你以為你應該回頭，回到自己的不歸路上。

然而，因時光無序，溫熱的火種仍然在周年花園的後身，那就是你與我的從前，也可説是將來。今夜星光，你赫然發現在淡藍的圍杆內佈滿了暈黃的光，地上的光照遍，結連天上星輝，你看見了從前的自己在裏頭，和一張張故人的臉。屏住呼吸，短小的街，流動的光影，今夜燦爛不因花語的默示，而你就這樣站在圍杆外，怔怔忡忡地在看。你淌了淚，我知道你再次渴想六號居庭的溫暖，那遍稱之為家的燈火再次點燃，在你眼中化為光暈，模糊得似有若無。你又聽見夜半歌聲，那時候梨貝街教曉你的，頃刻在你的心裏默念着。赫然，毫無預兆的躍動，在故人中有人大聲唸你的名字，然後一張張熟悉的臉向你展現，他們真誠地歡悦，指着你也揚手催你下來，你還看見一男一女向六號居庭的門戶走去，肯定是為了迎接你回來。你拭了拭淚，手掩着臉，趕往斜道跑，一拐彎，那就是兩張熟稔的故人臉，你一擁而上，他們將你抱得老緊，可是你的淚沒法止住，沾到他們的肩膊上，他們拍拍你的背，告訴你：「辛苦了，回家就好！」

原來遺忘很短暫，愛是那麼長。

梨貝街6號，平凡有平凡的真趣，當世道風變，原來金山之家安穩如昔，他們説這裏是信義之邦，忠誠之家，我説不止於此，有神的家就是天堂，就是安柱。

另一個深秋了，天氣微涼，又再起風。而你和一張張故人的臉再聚，你告訴我，你已不避風雨。這趟你們同遊金山郊野公園，走過石梨貝濾水廠，看公園的澳洲紅膠木，看白千層如何剝落；也看獼猴跳，看木蘭青鳳蝶在飛，靈韻豁然，都是自由的。

繁衍荒蕪

又是寒風肅殺的季節。

居住在北角二十多年，已無法想起那些日子的人流是怎樣經過北角碼頭。然而，數年間這裏竟一下子成為富裕人間趨之若鶩的地方。作為北角舊居民，彷彿為這社區的變遷尷尬，無法理解甚麼富人仍會以渡輪作為進出維港兩岸的交通工具，反之在豪華府第俯看途人，大概這種「大地在我腳下」的虛榮是某些人的想望。曾幾何時，北角是多少南來華人的居所，在酩酊的夕照下，儉樸的生活形態早被蒸騰，餘下的只有在東區走廊橋躉下垂釣着的硬漢，哪管得駁艇幾時回航，只期盼釣得一兩斤魚獲，今朝有酒今朝醉。

有一刻站在北角碼頭看海，真以為這裏會變得更好，怎料到社區竟然變奏出忽視生活尊嚴的態度，四圍讓街道任意地繁衍荒蕪。

到底北角邨的消失是否一場虛擬的遊戲？我們是否應該慶幸皇都戲院的保留，抑或是新光戲院的古舊仍然是社區的地標所在。記憶中北角邨一排排橙黃色的露台像懸掛在灰白色的外牆上，露台上多有鐵柵包圍。地面商店為街坊生活所需而設。一家運動店售賣各種貨品，曾經在店內購買游泳鏡，老闆二話不說，硬把厚棉毛巾一併往塑膠袋內塞，錢沒有額外收，是貨真價實的買大送小。北角邨郵政局剛好在巴士總站入口，一九八六年適逢哈雷彗星回歸地球，香港郵政一套特色小全張郵票成了全家的焦點。爸為了購得郵票，我們一家五口竟在大清早排隊輪候，我還是首次領會混在大人中對抗過度擁擠的世界，只瞥見後頭來了許多人，有幾張臉常常在北角邨裏碰見。不曉得自小怎樣生成的怪異性情，對於爸吩咐我在隊列中守候，我不但沒有對抗，反之而來的是某種在自虐中的快感。大概就是那些時候訓練出好些自說自話、想東想西的能耐，形成現在當老師監考工作尚不認為是苦差的狀態。

北角邨的井然本來是種誘惑。大廈外牆與走廊都是結構整齊的，基於走廊四通八達，那時候我們就在其中躲迷藏，或虛擬槍擊遊戲，來回其中，許多時候彷彿進入了循環往復的迷宮之中，這份甚具刺激感的追逐的確是誘餌，像黏稠的糖，誘拐人的意志存留在其中。這種重複排列的格局，就如草間彌生的圓點鋪設，像沒有止盡地成為心潮裏的想像。然而，北角邨的拆卸，毫無疑問將我們小時候的記憶割斷，且無可挽回。許多時候，我們不容易接受新事物，沒料到記憶的逝去卻如斯輕易，就像突如其來給蜂螫了一下般簡單。

再次回到以前居住的地方，難免怔忡地仰望天空，在這純粹追求慾望的都市，有誰把時間閒出來觀想潤土與落花？中學時間有些日子就是百無聊賴，慵懶倦怠得有些荒廢，亦不理解自己有甚麼用處，日子悵惘得有如枯草在風中悄然消翳。於是，好些日子我慣性地獨自在賽西湖公園踹躂，是過度悒鬱而來的險怪性情，總而言之就是羞於與人接觸，現在看來，恐怕不難被判斷為幽閉症。然而，我不可以說賽西湖公園具有療癒的功效，只是一直難以料到在城市中竟有如此寧謐的地方。公園的欄杆橫亘在前，伸延至樓梯上的六角頂涼亭，亭的四周是花。匆匆那年，記得花開正盛，那時候不懂得花名，只記得是粉紅花瓣，中間一枝兩枝成弧形的花蕊，後來得知花的名字是白肋朱頂紅，是許多人家裏所種植的，然而這株悄然在公園裏生長的花，想必以為在家生長得太安分，遂自然地融進賽西湖的圍欄之中，就像中學時候的我一樣。在那個還不知道世途的日子，若不是有這樣的地方讓我逃離瀲灩如血的恐懼，難以預料我的成長經歷裏將產生多少壞死的念頭。所以説，甚麼城市珍視公園，住在城市的人將自然地產生恢復靈魂與意志的果效。川端康成在幾近百年前描寫東京上野公園，除了動物園的活絡，四圍的樹與高亢的天皆成了東京都人的撫慰，多少情侶抵不住園內的雅致，留下幽情跌宕，草履拖沓至石上鏗然有聲，這的確是都市人難以尋索得着的憨情。可惜的是，現代人排遣消災的方法免不了網絡，任何便捷的考量將可編織成新的故事，那末誰有心思閒逛公園？而我亦委實鮮有再遊走賽西湖公園，那裏似乎更像霉溼的記憶，無聲地在腦內縈繞着。

然而，消失的記憶可以尋索回來。我依舊在乎百福道與七姊妹道中間那短小的健康東街一隅。交叉相疊的樓梯是這裏的地標，八十年代一位鬢髮皤然的老人佔據了樓梯底，只消十元剪一個髮，説小販不是小販，但老人卻一剪十年，沒有人驅趕，亦沒有太多關照。只是我無法忘記在冬陽中老人仍舊對着我們小學生展笑。而在百福道一直聳立的是「循道公會北角禮拜堂」，教堂高舉十字架，灰色牆身外有白色巨柱包裹，驟眼看來有些像宮崎駿「風之谷」裏頭的大型甲蟲。高小時代的暑假，媽為了馴服我，便替我報名參加了小學裏頭所辦的制服團隊活動，我在欲語還休的情態下，為免媽以淚療傷，我竟答允了。就在某個周末晚上，我在操場參與了陌生的遊戲，在場的人不明所以的歡聲，面面相覷，我敢斷定在場無人透析我老早熱絡的臉頰，和那孵不出半點思緒的腦袋。結果，所有「新朋友」半推半搪地硬把我置於中央，隨即包圍着我，我相信所有人都在拼力呈現自己溫婉的笑容，然而想到他們要着力處理冷峻的人，縱然不必暴烈的愛，卻仍舊是不輕易的。這是我唯一一次參加制服團隊活動，固然制服亦不知丟往哪裏去了。

百福道，這真是一條全然幸福的街道。街道上理所當然興建了百福花園，十二幢樓房密密麻麻，中間有些樓宇像十面圍城，惟我們已明白不是景觀的問題，也別管它甚麼品質，只要買得起樓房，在香港這土地上生存，都是幸福的，百福中甚麼福最要緊，膽敢說香港普遍認為樓房比起其他東西都重要。只是上個世代對於福分的期許卻截然不同，在百福道「交通城」拐入，又延伸至七姊妹道四周的屋苑都屬健康邨的範圍。沿七姊妹道所見，還有吉祥大廈、模範邨等，這種老香港的期許與祝願可算是儉樸，只是我們難以想像這裏仍可怎樣期盼出獨特的未來，是自身的需要還是經濟變革？在儼如四處蟄伏的世代裏，或許我們會問，我們仍可怎樣塑造出真實的回憶，又可怎樣替將來準備無法忘卻的從前。

又是寒風肅殺的季節。趁我們的思緒仍未有脫軌，好應老實地回首過去，將那些未解的日子一一弄清。

另一種選擇

照顧孩子到底是怎樣的一回事？若無法與孩子邂逅仲夏初晴，或者說，只能在時間的佈局裏競賽，孩子最終的靈魂迥異是理所當然的事。

孩子在默然無聲下長大了！

有時候打算再細味某個曾經看過的可愛臉，或再次凝視某個曾經奔馳而過的動靜，然而這些都彷若成了幻化中的雲，來去無蹤，雲絮一旦消散，幾敢肯定它將以全新的形態出現，而無法再現曾有的飄蕩。

孩子現在已經四歲。那年，首次帶孩子往郊外，是在孩子半歲時候。大概五至六月期間，香港已逐漸悶熱，以為在郊外涼風送爽，我與家人手抱着孩子在大美督船灣淡水湖的水壩上樂得自在。我起初懷疑這種天晴會否過度酷熱，然而周圍皆是一家大小，踏車散步的大有人在，我自然也在其中湊一份兒。為了避免過度曝曬，我們將孩子包好，又抱在風中搖呀搖，孩子眼睛靈動如左右鐘擺，他可真懂逗人趣。半歲是怎樣的年紀？大概已懂得以笑來表達心情，那麼若不笑時加上發獃，吃奶時沒有興致呢？這下我才發覺孩子的皮膚有些發燙，且手腳已沒有起初的活絡，奶固然吃不下了，剛好正午，我想這下子糟了。我猛然躍起，抱着孩子拔足就跑，家人也慌了，推着手推車在後頭追。可不是短路程，從水壩走至大美督燒烤場停車場本來需要二十分鐘，我最終費了五分鐘折返車上，隨即啟動汽車引擎，慢慢調校車內冷氣與溫度，怕過熱，也怕過涼。差不多半小時，孩子大抵舒服多了，我才放下心來，當下嘆了口氣，往收拾手推車，才發現家人老早哭得眼眶紅了。不幸中的大幸，愚蠢不能成為藉口，那天以後，我認真了解起小孩郊遊注意事項來。回想這種愛莫能助的境地，感覺就像人懸空在高處，無力無助。

直至孩子一歲，難得的午後秋陽，我、家人與孩子打算再到郊外。若不是開車，大概沒有人會費時坐公車到清水灣郊野公園。從外圍的斜路逐步往燒烤場方向，孩子出奇地沒有多餘的跌撞，牽着我的手向前邁進，他的手一直往前指，彷彿在督師。就在孩子硬梆梆強要挺進一片草地，家人早已在塑膠袋內取出地墊，鋪在枯黃帶綠的草上，地墊是藍色的，孩子喜歡藍。為了讓孩子拍照時更覺搶眼，那天刻意替他穿搭灰白橫間汗衣，外面是棗紅色工人褲，孩子伏在地墊上翻來滾去，竟無故地咯咯在笑；直至家人捧出蘋果切片和奇異果粒，孩子不住地拍掌，喜孜孜地在享受平生首次野餐。那時候孩子一頭棕色纖幼秀髮，眼睛亦偏棕色，驟眼看來像個混血孩兒，恰巧斜坡步道上方幾户外國家庭，孩子沒有甚麼羞澀的臉，單純的笑惹來幾個小孩的關注。小孩們比手劃腳，坐在草地上互相遞上食物，這種天真易懂的相處，好像良久未有在成年人交往中遇過。也不知道這種短暫的投緣是否可靠，孩子至今喜歡外語的確多於漢語，有時聽他唸起英文時還較中文自信和雀躍。說起英語學習，孩子這年開始學習戲劇英語，也曾演過一些角色。孩子回家後，常描繪戲劇練習的衣飾與動作，許多次站在客廳中央，命我們老實地盯着他的演繹。說實在，許多難以理解的動作的確是逗人趣，就是因為沒有道具協助，孩子也只能運用額外言語表達，我在旁觀察家人怎樣指教孩子，也是一樂。

清水灣郊野公園有個尚陡斜的山坡，坡上有個小亭，許多人以亭作根據地，放下各樣無關痛癢的東西，提起線轆，只消把風箏在空中揚開，並將線轆擱在自己的大腿上，大腿上本來已穿着特製物料，方便線轆在大腿上下地推。孩子還是首次瞥見風箏，又來了，他舉起手指在空中使勁地指着，有時還不住擰頭，有時又在揚手歡叫，他似乎真的看得懂。在後來孩子的畫作中，他真實地繪畫了穿越天際的風箏，風箏與鳥並存，各有各飛，各有各自在，那是率性的隨意繪畫，還是意識的逐步呈現，我還未讀懂，只慶幸他還未有唆使家人買他一隻風箏，更未有要求我們額外地滿足這種快意。孩子三歲的春天，家人無法騰空，我獨個兒開車載孩子往清水灣。在同一幅草地上，我們一起踢球，球來球往，孩子固然是亂踢一通，有幾回踏了空，球踢不中，他竟又能緩慢地蹲坐在地；或者說更使人無法忘記的是，孩子把球踢向不明所以的地方後，竟以甜蜜的呼喚邊叫邊跑至。在猛力地擁着我的時候，他在我臉頰上輕輕親了一口，我又再次嗅着他的香汗，汗固然要抹乾，心裏猶得安慰，身邊有這個純真的小男孩。他大概不曉得，不是我們給予他保護，更應說是他給予我們的安全感與信度，就像人終有自己的歸宿般可靠。在只有忙碌與困險的日子裏，孩子的確撫慰了我們的心靈，一趟又一趟。臨離開清水灣郊野公園，孩子請我讓他站在橫亘上，他在看風箏，他說他記得曾在這裏見過，而另一次是在畫作中澄藍的天空上飄蕩。

我們曉得每個孩子也有各自的天份與可能，且不能過早認定孩子的潛能，是對藝術有天份，還是對知識有特殊的興趣，或許都有，或許都沒有。匆匆幾年，這個童稚的小孩老是把東西記着，不曉得是有心還是無意，反正就是記住了。有次，星期天早上，孩子佇立在太平洋咖啡廳的玻璃窗前看馬路，孩子倏地一下驚叫，我還以為他在亂嚷，原來是一輛平平無奇的紅色旅遊巴士經過，我問孩子，他說在半年前的一個早上，在同樣位置也是這輛紅色旅遊巴經過，當日有契爸陪他。後來，契爸說是真的，當時孩子兩歲。而在某個冬夜，我與孩子睡前唸故事書。故事書每頁只有幾句，加上圖畫就是圖文書，我訝異的是，在我還只唸了每頁的前句，孩子自然地把後句唸出，是記憶而來的，而他的眼睛老早瞌了起來，待故事讀畢，孩子便溫柔地跑進夢鄉了，是我唸得太沒趣了吧。當時孩子差不多三歲。事實上這種記憶實驗一直也是我與孩子的遊戲，我們在路上、家裏或者外遊時，也嘗試把一些事物放在記憶裏頭，只是，有時倒是想，有些事情不記得還好，甚至某些美好的東西也當成為瞬間的記憶，過後忘卻，其實也未嘗不是一件好事。人就是麻煩，除了學習記住，也要學懂忘記，這種判斷，不知道孩子甚麼時候會懂。

那次在大嶼山長沙跟孩子經過了獨特的兩天一夜，才可以肯定，沒有自然和原野，孩子的長大或多或少有所缺失。孩子和表哥十分投緣，表哥比他大兩個月。家人替孩子準備了一包工具，兩小無猜，兩個膠袋，盤內有泥耙、泥挖和盛水茶具，加上各種大小類型的走獸模板，小孩在沙灘上弄起自然林間來。上帝說有光就有光，命立就立，孩子們借助了黃昏的夕照，替動物們編名，和創造屬於動物之間的故事。長沙的絕色在於她的人跡罕至，從九龍先要坐車往大嶼山東涌的巴士總站，再乘巴士轉至長沙，然後步行十分鐘抵達；甫達長沙海灘，一條木板牌匾分明地寫着「浪高長岸」四字，後頭是一所出租露營場地的店，店內準備了桌球枱、滑浪設備、兒童玩具等，還提供了小吃和早餐。驟眼看，這裏不就是在香港上映的《悠長假期》嗎？我還真期待在店內跑出個竹野內豐、反町隆史，或是廣末涼子。若不是他們，至少也是個皮膚黝黑且穿着背心的青年，渾身是太陽油的香氣，逕自步向海灘，把剛出海的快艇拖至店前，蹲下以粗麻繩繫緊，繫繩時還得遠眺夕暉，瞇了瞇眼睛、輕咬嘴唇又嘟了下嘴，然後站立起來時單手將棕啡色長髮往後肩一撥，雙手插在花紋短褲內，站着深吁口氣，繼續在看海灘上的人時，目光不經意地流露着深邃、又難以企及的惘然感。坦白說，我不以為會有這樣的青年走出來，我只是在想，如果我就是這個人，你說多好。

　　幾艘快艇依舊擱在海灘上，海灘的沙幼且白，赤足踏過，分外綿軟，就像踏在地氈上般舒徐，孩子也不怕摔壞，天生喜愛奔跑，也就隨便自由地東來西往。我起初也一塊地追趕，可笑是追逐幾回後，身軀竟輕易地戰勝了意識，我遂與家人坐在陸上的快艇內看孩子自由奔走，這個逗人愛的孩子，每跑一趟也會回來擁抱一下。我們就這樣靜靜地看他的姿態，聽他的聲音，那永遠迷人的笑窩一直勾連着我們。如此快慰的地方，試問何以還要拼命跋涉追逐東南亞的海堤與浪花，也說是世界享負盛名的長灘日落多麼使人迷醉，可是人來人往，在日落前頭所見的都是人，所聽的都是雜聲，那倒不如留在香港的海灣，是切實地在聽浪聲與鳥鳴，也可算是細聽一下自己的心情。試問甚麼地方能讓一頭黃牛自在地步過海灘？人不攔牛，牛不衝人，相安無事。然而，在這狹小的土壤之上，我們不止看見人車爭路，人與人更劇烈地爭，樓房、車位、學位、洗手間、奶粉；抑或是點擊率、認同、優惠，我們甚麼也爭。日光之下無新事，也不懂甚麼時候開始，我們將不爭等同於傻瓜，無法爭勝等同於愚笨，若不是爭勝得來的就像沒有足夠的快感，而爭不了的人就被宿命論所折騰，將所有結果統統歸究於命中註定的宿命主義。無論如何，人世間的樂趣就像是只存在於爭勝下的滿足，所謂物競天擇，適者生存。可是，若我們以大自然的昆蟲與動物自況，隨便抽離人的獨有特質而將自己硬套於自然的規限之中，我們似乎是弱化了人類一直在演進的文明與深化的智慧。只是，基於人類比起昆蟲和動物更加可怕，那末我們還只能以「爭」來換取片刻的等閒與享樂。孩子，請看看眼前，這就是我們活着的世界，所謂正待你來開墾的國度將逐漸扭曲你天生而來的單純。可是，世界並非一定這樣存在，韓麗珠說：「若不把目光放在遙不可及的地方，便不會被其實並不存在的恐懼打擾。」孩子，原來眼前真實地存在着的只有這頭大嶼山的牛，我們不必拼命與牛比力，也不用刻意踏足遠方，請你以家為念，我們不折斷你的翅膀，在未來可自在的時候就自在，可放鬆的時候就放鬆。長沙海灘的安靜似乎可以用來排解過度的繁華，只恐怕有天這裏成名了，處處是與牛爭相合影的人，世外桃源終究要淪落為與外人同道的通俗世界。

在清晨醒來，呼吸着長沙的青草和牛糞香，倒不覺古怪。只是走過小道時，孩子問起各種花草的名字來，我刻下怔住，倒是給問起來了。我告訴孩子，這些草是雜草，他便追問，雜草是甚麼？有沒有名字？這個好學的孩兒。於是，家人為了讓孩子多理解草木，我們定下前往沙頭角「禾田喜山種植園」的行程。甫進入園區，活現眼前的是一片斜坡草地，只見有父親與孩子一同在滑草車上滑下，風夾在髮間，笑靨迎着風。家人也和孩子滑了一趟，又在看孩子跳彈床，奔走在迷宮，然後在氣墊球中碰撞，最後以幾圈超慢速的單車賽道比拼作結。而我倒不能忘記的是，種植園內怎樣養蜂，怎樣種植羽衣甘藍和九層塔，溫室種植已發展至怎麼樣的地步。孩子除了在各種玩個不亦樂乎的遊戲以外，還能在過剩的青春裏認識花鳥草魚，哪怕是瞬間記憶換來的體味，抑或是將它據為己有的生活態度，也可以說，在這輕易洩漏過度情緒的世界裏，甜蜜的自然景致，必然是孩子在將來的另一絕佳選擇。

此際，我又在探索下一次自然山水之旅，也看自然正打算怎樣來訪我們。

上海

城市不眠

這世上沒有永遠流動不休眠的城市，唯有上海！

這不僅是上海的日與夜，還有上海的從前與過去，和將來。

是年春末夏初，因中文大學寫作計劃的緣故，和莊紹勇教授、黃念欣教授同走上海一趟。某夜在黃浦灘頭的人潮中穿越，才發現原來這個城市不眠——當離去的人在該走的時候離去，隨即有新的人潮絡繹於途作個補充，補充了那光暈下的身形，補敍了仍舊在創造的關係。這個不夜城無眠，也就是說她永遠具備流動的意識，如黃浦灘上掩映暗動着的光。

五月上海，沒有比這更令人舒服的空氣。既然這樣，我也肆意和城市一同癲狂，嘗試倒置的快感，在文友好夢正酣之際，我獨自跑往 24 小時書店，順帶着年輕的躍動，為的是一睹深夜書店的光景。那是一座樓高兩層的玻璃樓房，坐落在金海路的社區，附近設有文青小店，似乎老早預想了來者的格調。晚上四圍黑稠一片，惟獨這座書店樓房耀着滿眼的光，黃中透白，遺世獨立地存在。玻璃外牆配上黑色鋼鐵，冷靜的北歐建築風格塑造了與你我不相關的自若。雖説上海有着各種文化傳統的歷史感建築，然而多少靜悄悄的風尚已巧妙地融入其中。我不能忘記進店時那扇厚重的胡桃木門，肯定是為了迎合閱讀的意義，也是北歐建築風常有。店內樓高兩層的書牆，排列整齊，好些相類似的書陳列其上，形成一種陣勢，原來閱讀可以如此氣派。地面幾套顯得微小的沙發，每人獨佔一套，創造了片時的獨享空間。端一杯拿鐵，這樣也就是一整個晚上的享受。但我不能説享受，無眠的夜原來可以產生如此無法被蒸騰的悵惘，那就是意識中一直沒有褪色的魔幻，那上海之夜的迷惑。1984 的延伸沒有止住，上海之夜仍舊沒有離去，那是徐克創造的唯美博弈；也如張愛玲在凝視，緣盡了不但沒有開出半生花，留下來的只有頹然的石頭、稀釋了的空氣，有如吶喊過後的餘燼。

那個無眠的夜，閱讀的是《那不勒斯四部曲》，我雖然不是少女，也沒有超過六十歲，然而我仍能想像自己終有一天會如莉拉般突然消失，我沒想過身邊存在如艾琳娜般的友誼，然而，至少在書店的玻璃幕窗上，沒有看見倒影着那故人的臉。沒有錯，只要身處上海，我就以為身處在一層迷霧之中，有時眼花繚亂，某種光明的刺探讓我以為活現離家的自由，卻原來自己會如此純淨地被融煉，化身成歷史沿革裏的讀書人，身穿長衣大袍，在探問永不能知悉的身世和來歷。

終於，我決意挺身走上樓房的二樓，如富電影感的拍攝場域，筆直的樓梯就是穿越異域世界的通道，在朦朧與清醒之間，只有呼吸仍舊純粹。原來凌晨二時的書店滿滿都是被放逐了的靈魂，沒有既定而穩固的感情可以憑弔，反而增加了不住衝擊思緒的暈眩感——線性被扭曲的書櫃，被擬人化了的擺設，和過度吸收廢氣的氣氛燈，四圍如跌了一跤的老人無法重新整理對世界的觸感。書店二樓靠窗沿擺設了雅致的沙發和棋燈，滲黃的光很舒徐，一位穿搭 Hip Hop 款式的女子攤坐在沙發上，捧着書在看，不是余華的

《活着》，而是 DK Verlag 出版的一本名為《Zeichnen wie ein Profi》的藝術書籍，她在精細地閱讀着。如果深夜小狗在做神秘習題，她就是夜闌人靜的高階美學，在歐化的窗櫺下，居然沒有博主在自拍、擺弄、自說自話，而是安分地在閱讀人像素描又看得出神。固然我也不好意思地注目看她，然而我相信沒有多少人會在深夜逗留書店內讀畫，就像在閱讀自己的信仰。其實我也是如此，多少良夜竟然怪罪杯中的寂寞，在酣睡與休眠之間，最終還是清醒過來，看看窗外的孤獨，和那些沒法逃離的眾生。然後他們告訴我，其實從來都是荒誕的企圖在發酵，沒區分人種，也不辨地域，只有無眠的夜由此至終仍然忠誠地在守候，讓那些無法掙脫的靈魂如我可以肆無忌憚地飄蕩，飄蕩至東邊，飄蕩到西邊，然後靈魂互訪，宛如血脈相連，在不眠的城市裏，相遇在永遠進行式的書店內。

「城市不眠」書店肯定有意照顧獨自無法抵抗夜色的幽靈。選書固然有準則，我沒有選余華的《文城》，一來我知道自己遲早會讀，二來旁邊擱着的是內地年輕作家劉同的《一個人就一個人》，在充滿寂寞感的時刻，這種書就像能參透夜色，儼如一座發出哀鳴的山，頗能拯救內心鬱悶的白噪音。於是我捧起書本反問城市，是不是從來都沒有五月的風霜，梅花也不曾在五月開放，你要不再次證明天地之間為何就此消失？還是我們要等待六月飛霜，才分辨出城市的真偽和她原有對眾生信誓旦旦的暗許，在孤寂無望的不夜色下，原來她老早遠去，也不打算回來，回來看我的餘生，和我五月無眠的晚上。

然後，我在書店後頭看見一把小提琴放在如金魚缸的玻璃櫃內，又看見一套老舊的攝影機放在青蔥的植物旁，那盛滿乾花的木箱架在充滿質感的單車上，我終於明白，原來世事萬物從來沒有絕對，不要談論永恆的饜音，只要將思潮停留在白天的耀白，也專注在夜間的繁花，那就是你我餘生的快樂。沒破損的身體固然一同留下倩影，至少我們可以撫摸天空的形狀，因為，所有哀愁已變得美麗和容易接受。終於，在這個不夜城裏，我找到撫平幽微的空氣，黃浦灘全然金碧璀璨，是繁華盛世的明證，而我更喜歡上海的無眠，一如虔敬的信徒，在漆黑中重塑希望的群像，如把玩布偶的表演者，演活着城市的意義和色澤。城市不眠書店的玻璃幕上展示着一句：「我心裏只有一件事，就是閱讀。」終於，我感覺挺過了最暈眩的時刻，沒有怎樣搖搖晃晃，驟然以為青春不易逝，朝拾夕花，再添一杯摩卡咖啡，可口之餘，也準備闖進新天新地，四訪周圍，沒有疲憊的複製，只有來去自如的等待。

上海小散策

上海有着複雜的文明和特殊的意義，史學、文學和經商的集中地，這次以文學上海的名義看上海的文學記憶，亦打算尋訪她的歷史，閱讀她的身份，察覺她的從前。

也不只是南京紀錄了抗戰時候的狀況，上海也是。

位於靜安區光復路的四行倉庫，原以為抵埗後立即走進其中看展，惟在外頭遠眺倉庫牆身，受到大大小小的子彈孔所震懾，除了駐足察看歷史，我亦企圖伸手觸碰彈孔，感受這曾經的哀痛，才發現原來是如此遙不可及。情感的傷口不輕易結痂，抗戰紀念地就在民間，接引百姓，如此普世的勾連，是民族歷史的寄託與追憶。

那是觀照歷史的奮勇之戰。我國軍隊第 88 師 262 旅 524 團中校團附謝晉元在臨危受命之下，以 420 餘名軍兵之力堅守四行倉庫，抵抗日軍侵襲四日四夜，而倉庫的西牆成為日軍主要攻打的方位，因而牆上留有多不勝數的彈孔痕跡，如此慘烈。倉庫紀念石上寫着:「一座倉庫，因為英雄的堅守，而成民族永恆的豐碑。一面西牆，因為先輩的熱血，而成民族永遠的記憶。」

戰爭沒有永遠停止，和平亦不一定永存。然而，盛世平和的產物，仍舊是上海黃浦灘和平飯店的宏立。說她徒有外觀不是真的，當年孫中山在其中發表演說，所謂「革命尚未成功，同志仍須努力」既為千古，加上宋慶齡、蕭伯納等，甚或各國元首總統入住，幾度是名人必訪。為了看黃浦灘與和平飯店的日與夜，我和文友黎詠嘉早晚都在，看建築物色澤漸變，變得豔麗，變得固定；黃浦灘卻反之顯得澄明，來來去去的人沒有重複，此時此刻的沉默。

戰爭易逝，和平已定，上海也回不去，她必須繼續繁華多姿，縱身蛻變，直奔至沒有虛無般的存有。

翌日與香港中文大學莊紹勇教授、黃念欣教授、文友黎詠嘉同訪陳子善教授，眾所周知他是張愛玲研究的專家（陳教授說人稱他是張愛玲未亡人，後來我在面書寫過此事，給教訓這稱呼不正確，我也不敢再公開提及），我們相約在張愛玲故居常德公寓。到訪那天，陳教授說剛好樓上張愛玲故居早上招租，開價每月人民幣三萬八（其他相同面積單位一萬多），顯然業主以張愛玲之名謀財。說來我不是沒有興趣，既然如此難得，只是，想過根本沒有甚麼機會久居上海，租來也只是白租。陳教授說他不曾住過張愛玲故居，只曾訪過相類單位。這次會面，聽陳教授談及從前與張愛玲的姑姑和弟弟見面種種，我視作秘聞。常德公寓以往可以自由進出，只是現在不是居民不得內進，陳教授指向裏頭其中信箱，張愛玲在這信箱收取信函。信箱，帶來了不少想像。

張愛玲在常德公寓寫下《傾城之戀》、《第一爐香》、《第二爐香》、《金鎖記》、〈封鎖〉等作品，〈公寓生活記趣〉寫的就是常德公寓的事，我們在常德公寓地面的千彩書坊安靜了一會，聽聽張愛玲喜歡的市聲。市聲不吵耳，有感張愛玲聽市聲聽得摩登，聽得前衛。後來，陳教授用上海話讀出〈公寓生活記趣〉裏的一段，我也隨即拍了下來，日後給學生聽，陳教授也高興。這趟張學見聞與愛玲之旅，若談文學散策，莫過於此。見面後，陳教授帶我們往静安區愚園路的人和館吃地道上海菜，也介紹了他的上海口味。陳教授提議用他的手機拍照，又一一記下我們的名字。

天才一夢，生命是一襲華美的袍，長滿了蝨子。可直視的華美與消失的虛無，我們都沾不上其中的份，天才固然做不了，只期願誠摯地做個寫作人，賞讀天少之作，仍舊是快慰與愉悅。

＊＊＊

然後，我們談起魯迅。

魯迅晚年定居在上海，就在虹口區一帶。虹口區四川北路近魯迅公園附近的大路口，一所舊式書店綿長的店面陳列，正面牌坊寫着「 1927．魯迅與內山紀念書局」，這就是魯迅和內山完造相識的地方。那天和文友詠嘉、莊教授和黃教授同訪書店，與書店店長王文彥先生結緣，我們談魯迅的各種往事，尤其是魯迅與內山的認識。店內牆上刻有如此對話：

「我叫周樹人。」

「哦，您是魯迅？久仰大名。

我知道您從廣州來到上海，但是我不認識您，真對不起。」

當時魯迅鼎鼎大名，內山完造謙厚的對話造就了這段深厚情誼。出版於魯迅來説固然重要，後來因着與內山完造的交誼，內山不僅幫助了魯迅在上海的出版，書店亦成為了魯迅與文友的聯誼地。上海作為當時中國的重要文化集中地，有替自己出版書籍的書店固然是魯迅人生晚年落戶上海的緣由，但高昂的房價之下，魯迅不是沒有想過遷往北京，然而這個半租界之地對於書寫敏感題材的作者自有好處，畢竟文章如匕首和投槍，於半租界發表文章（特別是雜文）可説較為便利；且上海作為經濟文化的中心，自由寫作人亦可獲得更高的版税——魯迅基本上以版税過活，生活不是不需考慮的。1937 年，魯迅的《且介亭雜文》於上海出版，「且」、「介」即「租」和「界」的半字，魯迅在上海半租界中的亭子裏寫下這些雜文，暗諷了時政。

1927 · 魯迅與內山紀念書局連繫着中國工商銀行，兩房互通，穿過樓房，中庭展出了魯迅手稿，但旁邊的桃木桌椅就更引起個人的關注。據店長王文彥先生所言，書店就是魯迅與蕭紅首次見面的地方，而這張桌椅就是兩人安坐而談之處。店長懂事，請我猜魯迅先生的座位，我以為魯迅先生大氣，自是面對正門，寓意行得正企得正，堂堂正正之意。店長笑了，告訴我剛好相反，魯迅先生是背對正門而坐的，凝神向內，面見對談文友。店長解說，當時魯迅先生名氣過大，如正對門口而坐，定必引來多少途人進門，為免打擾，背對正門而坐是上策。聽店長解說，恍然大悟，就請店長讓我一坐魯迅先生座席，奇妙至極！後來，魯迅先生果真受到內山書店保護，好幾次受到追捕，亦藏身於書店中。其實魯迅先生故宅只書店十分鐘內腳程，追捕者沒可能不曉得魯迅先生藏身書店，可想而知，內山完造對先生的保護甚深。

作為日本人在中國開店，內山完造固然不是容易當家。他雖善於經商，也懂交際，然而，他不是沒有被懷疑過是日本間諜，內山完造後來書寫了《我的朋友魯迅》，當中也仔細談論過。而對於此等謠傳，魯迅也在《偽自由書．後記》澄清過，魯迅稱之為「先前的誣蔑者」和「先前的揭發者」，對有關人等予以嚴厲抨擊。

文學家終究成為思想家，付諸行動者成為革命家，不只是意識形態，最終是生命學的追尋。在多倫路的魯迅社區有這樣一段話寫着：「魯迅，偉大的文學家、思想家、革命家，新文化運動奠基人。原名周樹人，浙江紹興人。1927 年 10 月，魯迅自廣州來滬，一直定居虹口，直至逝世。」只要走過虹口區，發現這裏已打造成魯迅小區，四圍都環繞魯迅的生活足跡建造，若以 1927．魯迅與內山紀念書局為中心，關於魯迅種種如輻射狀環布於整個地域。只要穿越書店旁的甜愛路，赫然就是魯迅紀念館（甜愛路全長 520 米，諧音使然，加上甜愛留言牆上多少愛情誓言，魯迅瞥見想會從心裏投向許廣平。然而，魯迅卻定必在話語中責之俗不可耐，但在翠綠碧樹籠罩下，又會體恤年輕的美好）。紀念館的靜，映照偉人衷情，打造魯迅紀念館為的是偉人身影下的思潮與血脈，借古鑑今，那就是文化傳承的追逐。地面展館「朝華文庫」，有曹聚仁、唐弢、許廣平、陳望道等名家名作，每人獨佔一室，各有牌匾，走過迴廊如書香世家。二樓展館門外大字書寫了魯迅名言：「橫眉冷對千夫指，俯首甘為孺子牛。」紀念館展出許多魯迅手稿，還有初版《吶喊》、《徬徨》，寫作人固然肅然起敬。走過展館，回到紀念館中庭，一尊魯迅像昂然挺立，像革命之魂不滅，意料之內，魯迅像成了坊眾留影區，遊人不多，喧鬧之聲不斷，遊客提起嗓音，指着石像，嘩聲地說：「這就是魯迅！」其實這裏沒人不懂，只怕更多的是不懂思想，誤讀起初的革命，魯迅徒然成為上海傳奇，只寄存於近代史策。近年我城鼓吹一股魯迅作品不可讀之風，將魯迅說成反動，毒害國民云云，其實歷史辨證不能隨便輕說，不讀不懂不好說，讀了不懂也不應說，要說就當從其人物掌故發端，那就要從 1927 · 魯迅與內山紀念書局的另一端走向，又是十分鐘步程可抵達的魯迅故居。

魯迅故居位於山陰路 132 弄 9 號，在巷弄最末端，旁邊 6 號也就是茅盾舊居。魯迅名氣大，故居得以保存，可進內室參觀，樓高三層，地方雅致，質樸簡約的文人居庭。（一街之遙，山陰路 133 弄 12 號是瞿秋白舊居，還有郭沫若故居，位於多倫路 201 弄 2 號的中國左翼作家聯盟會址紀念館等）上海的作家故居保育經虹口區文物保護單位處理，好些作家故居被視為虹口區歷史遺址，文人故居得以完整地保存，至少立了牌坊，作歷史記憶。記起幾趟遊走東京三鷹一帶，四圍都是太宰治先生的生活紀錄，除了他本人的居處，小山初代、山崎富榮等人的居所，當局亦在大樓下立了牌紀錄，雖然「死亡是最美的藝術」，無賴派作家太宰治終被紀錄，可說不枉此生。早年香港作家西西離世，我問及文友，有天會看見西西故居的大廈門外立牌為念嗎？文友皆嘆惋。

對於文人故宅，思想、哲理，就像已經走過來的路，認得來時，也懂去處。如郁達夫說，年去年來，花月方雲的現象只是一度一番，從前常常如此，也絕不會改變的。

後來，我與文友詠嘉走過多倫路的名著書店，肆意走進，書香仍然是最吸引人的緣由。店東太太守門，晚來守舖打發日子，她說自己不懂書，都是丈夫搞的，而且書沒甚麼價值，老頭喜歡，客人也不過把書送來又搬去。店東太太說得看透世情。我倒認為店東很懂，店內書本參差，惟店面多有珍藏，茅盾《速寫與隨筆》民國 38 年版，人民幣三百；魯迅主編《語絲》，一九二四年版，人民幣過千；而我最後購入了民國 38 年版開明書店冰心《寄小讀者》。

那夜我走過東方明珠塔，看她被觀看，和歌舞昇平下的璀璨；然後友人帶我到上海香格里拉大酒店

Jade 36，在宏闊視界下看黃浦灘的延伸，金黃一片銀行排序，從左至右一直延至和平飯店。上海的盛世繁昌，老上海依舊，才發現在很多時候長大了才懂甚麼是大雅，相對起來自己的聲音已變得微小，甚至沙啞，人影纖細得如光影微塵，若仍能浮游於空氣中，也算是一種幸福。

台灣

紅樓有夢

記憶與衣袖——

瓊瑤《滄桑的浪漫》:「點點滴滴都是回憶，揮揮衣袖怎麼容易？」

「杉林溪」終年朝雲靉靆，如果住在這裏，像活在瓊瑤的言情小說中，霉濕的記憶，永不乾澀的衣袖。那是一個美好而安舒的下午，姊姊已搬到台灣居住有三年。然後，是怎樣的一個然後，也無從得知。可以說，這次移居是家族裏的一次大遷徙，就像在原有的葡萄樹上抽出一棕大枝葉，再移植到別的院子，再次發芽，重新成長。我能想像其中的荒原與綠洲，那不是甚麼曼妙的舞姿，只可以說是突如其來的躍動、轉身，最終落入我們也未曾踏過的軟褥之上。是，這是不折不扣的移居，姊姊一家也就這樣開始在台灣落地生根。不要以為台灣生活容易，物價一直看漲，如果說香港物價更高，不如說台灣樓房也漲價至不合理的地步，只有工資沒漲。說咬緊吃關也可說不是，姊姊當牙醫好些年了，雖說工資高，然而一家兩小孩天天學這個學那個，世上沒有輕輕鬆鬆的中層之家，還是得拼命換經濟。那就從新的城市開始。開始有開始的好，但比起習以為常的日子困難，為了能成為台灣註冊牙醫，姊姊要回復大學時代的長相，重新奮發地當上學習生，溫習以中文為本的牙醫之道（香港大學牙醫學系全英就讀，中英對譯只看名詞也得暈過去）。談何容易，要一位久歷牙關的資深醫生重新再來，不是基於知識與技術，而是從未聽聞的詞彙，有一刻我才發現，原來語言的價值。這樣一來，耗費的日子多而又多，於是，姊姊除了溫習也到台灣鄉郊義診，義診也就是說非正式，且在當地的註冊牙醫主導下，姊姊只能做一些微細工作，而這些工作以前有牙醫助護替姊姊做。人浮於事，沒料到由低做起竟在某個張看退休之期將至的年紀中發生，都是陌生的呢喃，然而再回頭看家裏兩小屁孩，也只得回去繼續做工。終於，姊姊找上與牙醫業相關的工作，開始替某些知名和不知名的公司兜售牙刷，想起從前好些銷售員一批批地向姊姊靠攏過來，企圖推薦售賣產品，時而世易，的確不能同日而語。

那次杉林溪遊歷，除了姊姊和我，還有久未到台的爸媽。爸媽再見姊姊的臉，特別欣慰。那就是杉林溪的家聚。以外遊方式家聚算是最合宜的，如果可以，總想有更多時候在途上。我們都歡樂，是相聚於期的瞬間（至少不如謝曉虹《好黑》中〈旅行之家〉的那個家般，家人一個個地離開）。我們行走至杉林溪裏的忘憂森林，忘憂森林在台中山上，整年氣候變化甚大，欲看森林蓄水，林木開發於水面的異象要看彩數，然而能於無水之地走乾涸的路也不是常見，好些木紋顯露一如人乾癟的臉（韓麗珠在《輸水管森林》也這樣寫過）。乾癟的臉看得出人的消瘦，生活壓力上漲，風花雪月已非談資，日落之那邊的暗影紅彤或者可以是我們短暫的寄託。但我們不能就此耗費，落入急速加劇的荒蕪與虛妄之中，我們最終還是選擇了晨曦，在日出之時閱讀森林的日暉如何映耀在人的臉上。是不是上天的眷念，我們走過無水之地，在橫亙的杉木上擺出各種姿態，小朋友走來走去，摔一跤也只落在軟地上，無所謂受傷。我們在其中遊走，認真想像如何忘憂，然而忘憂卻不能認真說，認真就忘不了！我們唱着杉林溪之歌，從沒想像獨佔森林，此時此刻，絕不是做幾單牙刷產品生意所能夠比擬的。

揮揮衣袖，形成記憶的緣由，只是後來，姊姊還是回了香港作業，港台兩邊走，是另一種路上風光。

客旅與居庭——

林口區內有餐室稱作「美麗樹」，英文翻作 Meili Tree Cafe，餐室以食物雅觀加上份量十足受到青睞。在北歐神話中，Meili 原是奧丁（Odin）神的兒子，既是神的兒子，也就自有某種特性存在，特性是神的本像還是人所賦予的，且眾說紛紜。Meili 的本義是「可愛的人」，姑勿論是人是神，可愛這象徵意義，從來都不是輕易擁有的。況且 Meili 與美麗諧音，意思既亦相近，音譯義譯加上廣告上那棵繪本式大樹，「美麗樹」拼上「Meili Tree Cafe」，可說是形音義俱備。還是太複雜，進店最大的慾望其實只在飽肚，食物美味才至關重要。除非你是心思慎密的人，才會發現，酥皮濃湯上酥皮的紋理，牛排盤上裝飾優雅的小豆與粟米，布丁上如五連發夾彎的糖漿。

初秋暗影，那是往台看姊姊的第一頓飯。姊姊在林口找到新的居所，新不一定不如舊，新的區域總有自己的秩序、植物和空氣。林口的空氣蘊含着各種自由，實現青春的夢或者成年的謊情，城市沒有既定的想像，只是如果可以，遠離台北是某種寧謐的過程。林口這個小社區沒有意想不到的來歷，偶爾哭泣或者可以製造言不由衷的隱情，那個專門出售名牌的 outlet 有沒想過自己是唯一吸引外力的根據。許多時候除了來回桃園與台北之間，林口沒有被當成客旅的驛站，或者成為長久居庭的可能，至少是某種無法捕捉且意想不到的重生。姊姊就這樣安穩在林口，學校是小孩的夢幻，幻化之於是，其實是另一種無可企及且無盡的追尋。那又如何，至少是自由的延伸，延伸至後續的窗外、軌跡、朦朧的夜月，然後告訴自己，在平行時空下的選擇是多麼的義無反顧。

甚麼時候，你還會回來？

踏車與行走——

台灣很多步道，可以踏單車，也可以行走。踏單車的人很輕省，除了那種在無窮穿越的趕路居民。而行走的人也很自在，除了某些過度戀慕野蠻工作的狂迷。其實都是人，為何有些人漫不經心，有些人盲目顛沛。我城中有人告訴我，所有追逐都是為了將來的自在。為了將來的自在，唯有現在追逐，沒現在的追逐，哪來將來的自在？明明走在慢車道上，追逐不追逐，其實只看自己。如果那麼愛將來的自己，為何不愛現在的自己，又忘記了過去的自己。人真是好奇怪。我沒話說，也沒打算回話，只是追逐的本質在於自我執迷，執迷如自創新的宗教，信奉自己，然後捧起自己天天在人前供奉，最終育成自我的救贖。

這次與姊姊出走南投，是一趟沒有預定的旅程。來台已經三年，沒到過台中，更遑論一睹台中秋情下的山中景象。於是，姊姊吩咐我們有踏單車的準備，就這樣闖進台中南投縣的九號隧道，隧道綿長，單車流量非常高，像無盡的穿越，一如穿越時光，開到永恆。姊姊技術好，穿過好些人群，在前方一片空地上擺了個姿態，前頭有個牌子寫着「后風鐵馬道」，然後一道拱門式鐵橋，驟眼看來以為在亞美尼亞的山谷裏，重新演繹嶄新的生活景緻。後來我們到了台灣作家劉梓潔的彰化，在溪湖鎮的步道上走上走落，也到了鹿港吃「鹿港阿道」的蚵仔煎和鮮蚵蓋飯。我們行走，在整條吃食的街道尋找快樂，快樂的源頭來自風味小吃，也來自純儉民風的自若，固然，來自與家人不知何年何月能重聚的想望。

紅樓有夢——

蕭紅：「我將與藍天碧海永處，留下半部紅樓給別人寫。」

「杉林溪」的紅樓沒有精緻庭園，也看不見寶玉遇上黛玉，這幢霧茫茫中的樓房其實是茶藝館，如果不是營商的，就更有詩情。這理所當然，旅遊點嘛，固然為了客人；又這麼説，如果沒有產品銷售，店也就老早關門大吉。姊姊在這裏選購了不少東西，甚麼茶葉呀，伴茶食品呀，我倒希望姊姊多買，多買是家中經濟放緩的明證。如果可以，我還希望摻一腳，跑到店內將各種生活的夢與短暫奢華購買，若然茶葉與小吃都是小孩的喜好，那就是台灣的夢了。起初來台，家人不是沒有提出見解的，然而這個家族一直以來奉行自主方式維繫着，如果不是別無他法，也不會過度干預，徒添淚痕。這次姊姊移居台灣，是不折不扣的生活夢，空氣純粹與節奏簡明最終活脈了下半生的慾望，慾望得以滿足，全寄託在茶葉與小吃之上。我幾乎肯定，姊姊的眼睛老早流露着純然的湧動，這大概不是經濟不經濟的問題，也沒有甚麼生活意識的考量，只可以説是這裏的空氣使人全然滿足，也就是説姊姊從沒嘗過更甜美的流光在飄蕩，光與影的閃爍卻成了生機勃發的興致，且在姊姊的家庭中老早已沒有退路，齊心一致在台灣重拾新生代的嫩芽是最好的選擇。如果這樣，我深信蕭紅若然來到這裏，大概也會拍一張半掩斜照，且在碧天澄明的大海前，再次寄意於呼蘭河！然而最有價值的也不是蕭紅的半掩照，無非是，姊姊借用了在蕭紅身上持續發動的氣質，那「都是自由的」想像、思緒和心願。

東京及其他

N 的新神戶告白

沒想過 N 會到這裏來，本打算獨自出遊，他的到來全屬意料之外。

神戶的風特別乾烈，加上悶熱的陽光，人就像被蒸騰的野花。我們約好在新神戶駅，沒有清楚的時間，大概早上九時許，地方不大，隨便遇上就可以了，反正也不是第一次到神戶。我還記得在等候 N 的時候，獨自走進一家商品店，店賣的是生活平常，而我賣的是歡聲，自 N 出生以後，我也設法給他各種快樂，只是每當我感到斜雨飄散如落花，就可預兆到自己將進入永恆的告白。

那是我第二次遊歷神戶，N 倒是首次。N 最迷醉可愛的毛絨玩偶，縱然他是個小男孩，毛絨玩偶對他成長自有獨特的意義。N 的母親要他當個善良的人，她說善良是生命的本質。我也是這樣對他說，所以在選擇他的英文姓名時，最終取名具有正直的意義。記得那是平靜而安穩的仲夏，溫熱的陽光如在乾煎空氣，我們拐過一段斜路，穿過升降台，來到對我來說熟悉的登山纜車站，然而對於 N 來說，這是新奇不過的。N 沒有肆意挺進纜車，他被纜車站內的毛絨玩偶吸引着，他捧起其中一隻纖細的小白熊跟他說話，說些奇怪的內容，但很有條理。N 的生活圈裏有些要好的朋友，然而在他的朋友群中，毛絨玩偶佔據了很有份量的角色，當我以為他在自說自話，可是他卻真誠地在和毛絨玩偶對話。N 的聰慧是天生的，若比起童年的我的確超越很多，我幾乎肯定毛絨玩偶的意義。

終於登上纜車，N 出神地在看纜車的軌跡，在穿越山嶺的同時，纜車穿過綠樹，穿過野花，穿過人的頭殼頂，沒有聽見人群的對話，我們都認為他們是和平而快樂的。終於抵達神戶布引香草園，N 嚷着要坐下來吃食，其實他要引領毛絨玩偶看風景，跟他說話。神戶布引香草園位於兵庫縣神戶市中央區葺合町山郡，山上的遼闊視角可環視整個神戶市，毛絨玩偶和 N 也在凝視，看自己熟悉的城市，看自己不認識的城市。

認識是安全感的表徵，氣味是某種促使心理平靜的調和劑。香草園的後方有個香薰療癒靜觀之地，陰暗加上魔幻燈光，使香薰更容易進入靈魂和骨髓。N 仰望變幻的燈影，如在觀看自己的未來。未來從來都不靠譜，我知道 N 的未來不會再注視毛絨玩偶，毛絨玩偶自有階段性的特殊意義。然而，在所謂成長的過程中，N 終究會明白，身體雖在無聲無語中增長，但原來愛是那麼的簡單，孤獨卻何等複雜。於是，我們走至地底樓層，裏頭是一排列的香薰陳設，N 受到牽引，企圖嗅出不同香薰的氣味，氣味其實沒有本來的意義，除非我們賦予氣味新的價值。於是 N 選擇了最淡香的一款薰衣草香，他要把氣味留下，將來回憶中就會有了這款薰衣草氣味，而嗅到薰衣草香又會想起從前。

沿着山路走至纜車站，大概一個半小時，我已沒有這種能耐和體力，除非 N 希望走這一趟。我不能說 N 的意願就等於我的意願，但自從 N 出生後，我時刻都想滿足 N 的想法，快樂的生活仍舊是必須的。可是，教育之於是，在於不能過分滿足私情，有時還得按着成長的養分，一路走來，倘若不慎，就會在成長過程中養養出特殊的慾望，有時能放不能收。N 自幼已有這種自我約束，對於好些渴想都能節制得住，慾望起始於性格純良，亦終結於單純，原來善良的本質能抑制慾望。直至近來，N 與好些同學互為交雜，學了些不正當話，也開始了仰望天空後邊的顏色和形狀。就在我和 N 挺進玫瑰交響園的一刻，我看見 N 的眼睛瞪着那張自由的吊床直冒汗，蠢蠢欲試如何能躺臥於吊床上左右搖擺，在仍有仰望天空的可能時，做一個沒有羈絆的客旅。於是，我重複地推動 N 的吊床，他的身體隨着吊床左右搖晃，愈晃得高 N 愈感快慰，好似從沒有想像稍一不慎果真有可能整個人飛墜於地般。然而快樂嘛，當我想到過幾天將回歸到城市的權力秩序與過分井然之中，不期然感覺這趟慾望的搖擺是應該的，且屬必須，就像在無法掙脫的縫隙中探出全身，一如初出母胎的新生命，活出新的自己，在新的世界秩序之下。

終於，我們到達了山之中部，N 已經滿身是汗，那青春的表徵。雖然我們認為心情是放鬆愉悅的，然而 N 的汗水揮發全身，滿臉漲紅，且紅得過度可愛，那就不能輕視紅的象徵了。幸好 The Veranda 玻璃屋就在前頭，我告訴 N 裏面是冷凍的救贖，N 不由分說地快步走進其中，涼快、愜意、爽蕩，身體因而逐漸回到應有的熱度。我幾乎可以肯定，N 會對於玻璃屋內佈滿薰衣草的裝飾感到訝異，而且各種歐洲古舊廳房的建設，N 必然感到環境靜好。於是，N 設法在各種擺設前裝出奇怪的表情，提起各種裝飾展示自己有幾分歐化的臉。我似乎永遠不能忘記 N 的俏皮，和那永恆的童騃所塑造出的自若。我一直珍視 N 的獨有，他於我是與別不同又無可取代的，因為這個世代不好，不好在於沒有善與惡的清晰界線，我們以為善的東西可以一瞬間變惡，惡的存在可被催化為善的馴良，在界線模糊的世代中，其中我們共不過是個倖存者。

倖存的不等於幸福，幸福的意義已無從界定。

這是個熱辣氣候中的冷凍庫，如果可以，就讓 N 在其中享樂多一刻吧，從而抵抗外來者無法預料的入侵。因為這個世界已再沒有避難所，人活在世上已不能事不關己，除非 N 能真誠地學會仰望星空，才發現在滿地都是六便士時，原來星光猶在。直至有天，N 感覺自己已有抵禦外在世界的本能，他亦真能獨自走進玻璃屋旁的溫室，除了用作調校身體的熱度，也算是重新踏進外在世界的前哨。溫室的意義終於成形，也得以被明白，乃在熾熱世界與冷藏居所之間，作為過渡，作為驛站，作為星空下的啟程，N 也在溫室裏適應溫室獨特的氣候，逐漸理解當中那特殊且獨有的意義。

到底 N 會在甚麼時候長出嫩芽？在密集、消費、誘惑的場域，N 是不是有能力成為真正的人，在虛假與幻化的異域中保存純粹，我不知道。只見前頭風之丘花園開遍太陽花，花海爛漫。我瞥見兩位輕熟女子在花叢中穿越，花必然是她們的襯托，她們以為唯美，就像在花海中活現了自己的世界。那就讓 N 自由地權衡，看他要不要幻入花海的芬馥，而我不是不擔憂盛開的花過度美麗，反成了 N 的羈絆，在過分享受的聖境中忘了真我，忘了自我的純良與節奏。我在後頭看 N，N 踏過花海回頭又瞄了花海一遍，說：「花在熱氣中不會死嗎？」然後就這樣輕易地走過，沒有再朝向後方看。花海留給 N 怎樣的情緒，形成怎樣的思潮，雖然只有 N 知道，然而 N 沒有被花潮所困。而我只能說這是 N 的首次考驗，驗明證實他的喜好。不要驚動靈魂，靈魂獨舞，離群自若，有天你會發現，獨自的渴想比起聚散有時的群體與流動更有價值，那倖存者的意義。

然後，我們才明白世界的運轉原來自有規律，虛假的律動與血食的飽足從來都無可避免，生活就是各種拉鋸、繁雜、窺視與謊情，我們滿以為勝了又要勝，其實只換來一敗塗地，因為我們都寄生，卻誤以為主宰，而當我們有朝清醒過來，大概已走過了前半生。

N 不是不知道我的隱衷，他拉着我的衣履，赫然走向纜車中途站，顯然要離開，離開這個所有人都喜愛的世界，寧願走向未知，走向嶄新的視界而忘卻各種對他來說不可理喻的愛情，而豈不知道愛是那麼短促，忘記卻是那麼的悠長。N 於是離棄了俗世的愛，選擇順然地忘掉這個曾經引頸以待的美麗世界。我們就此下山，走至無風之地，重新理解自己與世界的關係，和那永恆不滅的想像。我們終於走進北野異人館街，那是一道長街，異域街道源於這裏全是無法想像的域外風情，各個民族自有特定的表徵，所呈現的是幽靈的居所。我們走進一所英式產品專門店，門外裝飾了貓的群像，N 一直想飼養貓，他的目光無法逃離，就這樣被牽引進來。米字旗配上貓的設計，紀念品精緻得不可理喻，我們買了一堆，在收銀處付款時，N 不曉得以英文還是日文回應。然後，我們走至一間牆身白皚皚的茶室 Moore Nouse，除了稍作休息，也算是為了觀看茶室的潔白。沒想過潔白的吸引法則原來如此簡約，一如沒有漂染過且純淨的絹布。我為 N 喜歡白而感到欣喜，直至後來我們再在前頭的神戶六甲牧場北野本店，一嚐遠近馳名的牛奶雪糕，N 就像瞬間融進了潔白般迷醉，他又再次呈現和毛絨玩偶對話時的單純。

沿路都是美好，我們走至神戶三宮的 Starbucks EKIZO 店，整店外牆以墨綠色打造，一貫的色澤。N 告訴我，除了白，他最愛這種墨綠色，因為顏色統一，猶如大自然的靈魂。於是，我們推門進內，由白進到綠，又經驗着別開生面的世界，且在其中安坐了許久許久。

唐津的等待

如果在福崗的四圍走一趟，很容易會無端落入唐津的等待中，而這就是你永保青春的秘密嗎？

在滿天旗幟的通道上，看見曾經蕃昌的店。佐賀縣呼子朝市説是旅遊點也可説不是，除非自駕，不然沒有太多外地人會到這裏來，但仍然不是太過便捷。舉目左右都是日本人，是本地人旅遊季作舒適休養之地。然而就是因為一場疫症，這段日子呼子朝市的店都關上，關上就再開不來，因為呼子姨姨以為從此再沒有回來的人。直到現在人流回復之前，呼子姨姨仍然這樣相信。

關於呼子姨姨的事也不是虛説，從每天早上至中午十二時，呼子姨姨都在售賣各種海產，例如海膽、竹筴魚、魷魚天婦羅，也有味噌湯和有田燒醬油生魚片，都是馳名海產食品，不過本地人特意來吃的倒是烏賊燒賣和烏賊壓仙貝，美味之至。為保日本三大朝市之名，呼子姨姨裹着紅頭巾，包裹身體的衣履穿搭非常樸實，除了擺放食物，也要顧及對每個遊客點頭問好。在沒有風的仲夏，我曾獨自從街頭走到街尾再回來，陽光熾烈地融進攤檔的縫隙，溫熱的空氣升起，眼前景象浮動不定，呼子姨姨取出電風扇吹向食物意圖降溫，而竟不知道她緩慢的動作才是最消暑和清涼的原由。又是安靜且沒有行進的仲夏，這樣幹練了一會的呼子姨姨終於坐了下來，除了眨眼又瞇一會，沒有更平白的生活方式有如愛德華．霍普的畫作〈科德角的十月〉。雖然四周是認識已久的鄰里，或者是一生只曾一次踏足的過客，對於呼子姨姨來說就像是空無一人地自我存在，如科德角的避暑聖地，在怡人景緻中顯出獨有的界限與沉思，就像在等待沒有歸期的丈夫，卻仍舊安然地渡過了平靜的生活。

這就是你永保青春的秘密嗎？手心捧着盛夏流光，用以鋪設海產食物，腳下踏着旅人門牌，用以收集鐵罐皮囊，在電線與電線串連鋪設的木桿下，荒涼不是荒涼，而我們行走，映照着沒有晃動的等待，平靜如沒有止息的日子。

而旅客卻不是這樣。我們要趕行旅，看風尚。按旅遊指示，遊客都往附近的「萬方」海中餐廳進食，汽車一輛輛列隊，按秩序地聽候指示駛進。食客的咽喉就像沉浸着海水的氣味，以為即將走進水中洞穴。如果不是海中的一道橋，真正使我們記起的不是食物的原味，撲滅我們的味蕾，而在遺忘中想起這道橋的筆直，才懷念這次難得的水中盛宴，是如何不可多得。那就不要提起在「萬方」橋上的等待，這兩句鐘的等候，除了蔚藍的天與我們一起探問萬方傳說，食客不動聲息的模樣就是呼孑要求客旅的表現，就算我能在餐廳內看見各種海類游動，我還是安靜地無法叫出牠們的名字。有時在百無聊賴的等候中俯看，清澈的海水能清晰地看見海床上的石頭，石的呼吸與雲的裸露十分唯美，就像是達利的畫作，在永恆的記憶（The Persistence of Memory）中只有「時間靜止」，而我也甘心樂意安然地在繼續等待。

　　至於唐津的晚上卻是另一個國度。黑夜的眼睛就像隨時看見漆黑的死神，路是田間小路，只靠車頭大燈照亮，駕駛在路上可真唬人，我曾想像連人帶車落入田裏會是怎樣的景況。於日本的晚上在居酒屋吃燒肉可算是一種儀式，在漫天星光下走進燒肉店，就像活在別的行星過着別的生活，卻又保留了一點原鄉的生活習慣。店名「羽幌」預示了老闆從北海道來，那自然準備了成吉思汗火鍋，晚上坐在榻榻米，吃烤羊肉串和烤雞肉串，十分美味可口。然而，我似乎已習慣了唐津的等待是非常單一的情緒，而慢慢地有種浪跡原野的呼喚，舉杯暢飲後或者要重重地把杯子擱在枱上才可算數，在血肉烤燒之間的空檔，如果感覺飢腸轆轆，也只能暫時燒煮芽菜充當過場，時間被吃掉，香氣被填滿，老闆娘才慢慢地把食物帶上，而我們藉着等待的時光創造口腹之慾，然後一次再次地感受着美食當前的幸福，且幸福着自己的幸福。

然而最幸福的並未降臨，除非你駐足在唐津浜崎海岸的 Green Beach House 內，聽着 Kiroro 花草般的日系戀曲，於無垠的海邊向着日照盪鞦韆，在夕陽西斜下看永恆的日落，與婀娜多姿的店員胡扯笑語，仍靜候晚間燒烤火爐旁凝視花火點亮天空，而成為行程中最浪漫唯美的末後音樂終章。如今，我在這種氛圍裏與你們一起，共渡沒有追求沒有日夜沒有始終的虛幻，那麼，這也就是你永保青春的秘密嗎？這次九洲行旅的最後一程住進 Sea Style Resort Ocean，旁邊就是長堤海岸和幼嫩細沙，而這間綠色海灘之屋就在海岸的盡頭，全由木材興建的戶外型帳屋，屋旁豎立了幾塊滑浪板，加上近海的水上電單車。而那天的夢幻，在於剛與我胡扯逗趣的漂亮店員再次向我淺笑，又向我解說水上電單車如何成為這裏所有人的快慰，我從後看着她把水上電單車推進海裏，夕照彤霞一時映在她的左邊，一時映在右邊。直至晚上，天空沒有雷，裸露的雲仍在，在雲與雲之間能瞥見星光，星光一閃一閃地證明了宇宙的生命是如何地永恆存有，就像這所命名為綠色海灘的木屋，和她的淺笑。然後，我們在如此良夜再次舉杯，在海灘上吃烤肉和冰淇淋，不甘寂寞的一頭灰毛迷你貴婦狗帶着比人類更快樂的笑容，闖進你的視域在你眼前走來走去，然後跳入她的櫃位內又跳出來，和牠一同跑出來的還有一頭柴犬，而我至今也無法理解貴婦狗和柴犬是怎樣地共同交往。木屋店主的她沒有再播放 Kiroro 的歌曲而改為播放宇多田光的《First Love》，是我們都熟稔的歌，然後，在沒有預示下，終於開始了心裏一直期待着的花火會，竟有如潑墨的煙火令現場的人感到無比愉悅，所有人都安靜地在看，安靜得忘卻了原初一直的等待。

花火的距離

八月仲夏，在奈良興福寺觀賞燈火會，兩萬燈火點燃了這永續不眠的夜色。燈火夢幻，誰也沒有專利，都是自由的。仰望前頭橘色的五重塔，本作祈福的地方，然而我倒覺得妖魅，微微一怵，卻偶見幾位穿着雅致和服的少男少女在舉機拍攝，簡潔的笑容很療癒，留住當下，不為甚麼，似乎只為粉飾當前，如此良夜何！除了刻意裝扮，肯定曾經認真演練過笑容，在他們攝下奈良最美瞬間的同時，我也攝下他們作為這裏最具回憶的風景。才想起一次再次的生活變奏，扭曲得疲憊，有一刻我還在想，甚麼時候曾有過他們這種自由的歡笑。

年輕，本來應是這樣經過的。

另一次在東京武藏野市中町的街頭迎來冬季最後一場雨，撐傘的途人匆匆在沾濕的地面走過，穿過冰冷的樹。就像時鐘瞬間凝定，也分不清過客終將抵達甚麼終點，只感到平靜的陌生總比起燥動的觸碰來得輕易，我就這樣佇立着看途人，看途人的穿搭和臉部紋理。有時，我會隨性地盯着某君，看他的臉色和神態怎樣緊繃，走起路時身體如何擺動，偶爾眼神剎那相觸，就會點點頭，投以溫濡的微笑，這笑很美好，就像感受到世間原是可以這樣和平，直至他在某堆慘白的人群或某個早已褪色的車站裏完全消失又不知所踪，這大概是平生唯一一次與他陌生的邂逅。記得中學時有次外出午膳，排隊人龍長又長，忽然給狠狠地碰撞幾乎要撲倒在地，然後以四十五度向上斜睨的姿態，看見一位慓悍肌肉男子回頭張望，我隨便說了句:「有無搞錯？」男子以喉嚨混聲，吼出「唔」的一聲，而我這位孱瘦小子，隨即別過臉釁，裝作甚麼也沒看見，這種恃勢凌人的霸凌就像電影裏頭才看過，沒料到真箇發生在自己身上。後來，我決心要把身體練得強壯，以為強壯可告訴身邊人自己不是好欺負的，只不過經過好些仲夏身體似乎沒有怎樣變異，才發現要練得一身肌肉原來談何容易，回想過來，就彷彿對那位慓悍男子還存有幾分敬意。曾經，街頭只是我們的生活日常，是兩個駐點之間的接連，漸漸地，才發現某次與途人的點頭默許是何等美好，縱然是不尋常的經歷，也是將來一笑置之的回憶，如果能對陌生的瞬間存有善意，在邂逅或碰撞之間，隨時保存與人和善的準備，可以說，一次陌生的美好相遇比起相識多年的臉譜其實來得更可靠。

相識本不是偶然的。

啊，瞬間又說到另一次行旅。這趟很熱鬧，能夠一家人一同出遊，說來不是容易的事，不是他有工作，我有病痛，一行十多人的確歡聚於期。行程中最使人期待的，是在和歌山白浜町的海灘看花火，人說在日本看花火是首十位畢生必做的事，這種沒有根據的排行有時也挺有意思，至少為這次花火活動徒添興意。整個海灘坐得滿滿的，不論年輕、中年或年長，除了偶然的囁嚅，你我皆靜默無語，享受花火瞬間。這種素未謀面的短暫很有張力，除了少不更事的小孩，沒有膽敢揚聲打擾的人。海灘人潮如螻蟻，黑稠的天，在曼妙的花火仍未爆滿天際，就像寧謐的獸準備躍動，我以為群眾裝了捕器，隨時捕獵劃破長空的聲色。終於，奏鳴之曲響遍，花火隨樂聲變幻，幻化出時間，幻化出空間，幻化出默定的少女和穿越的途人，最美的卻仍是物我倆忘的海岸，在水平線之間誘惑遠方。正當我舉起相機攝下花火瞬間，才突然意識到四圍的國民沒有在攝的，都在用心欣賞當下的真象，又以鏡象鐫刻於思潮中，成為永恆的記憶與拓印，所謂櫻花易逝，存留最美好的片刻在心潮勝於唯美的負片沖印，而我亦收起相機，學習自然的傾聽與目視。終於，最後一個花火在浪漫的迪士尼樂聲中爆開，海灘人潮同聲嘩叫，就像期待已久的釋放，家人、情侶和友人彼此相擁，如樂章終曲般圓滿。

年輕、相遇、當下。

我們是否把起初的愛心失落了？那怕在街頭，或在內室，似乎已沒有珍視如何還原人情關係的完整性，私密自話無法溝通，親密距離難以滿足，終將形成自我茫然的寂寥和孤獨。花火的美好在於彼此設限和預定距離，瑰麗玄黃的同時不傷彼此，且在最閃耀之際消失，消失之後再次綻放，不但撫平人們心潮的安慰，也祝福人們重新得力的將來。就當作祈福也好，反正如此良夜一杯清酒，抵過一杯清艾，無需裝點，只要擁抱。

東京日和

東京不是經常下雪。沒料到一次突如其來的警報級降雪，我和孩子竟身處其中，還是首次經歷暴雪撲面，無處躲藏的狀況。有刻站在 ￥300 店前，就這樣凝視漫天飛雪飄散，在暈黃路燈下顯得淒切，一對情侶漫不經意地抱着走過，相同的臉龎在飄雪下如中島美嘉《雪の華》。回想起十年前在首爾看那最後一場雪，青春年華自由得像沒有羈絆的驛旅，那時真可形容為雪中起舞，起舞後在雪中落地摔了一大跤原是意料中事，摔得快樂彷彿仍在童騃，然後爬起來特製雪球互相拋擲，甚而在雪面翻了筋斗，那全身濕濡的慷慨。倏爾口腔沾濕而來的凍感，才發現臉上幾可堆雪，如此順勢吞了雪粒喝了雪水，身體就像比以往更加純淨澄明，近乎通透。也不能怪我首次見雪後興奮莫名，離開了使人心悸的職場，就像籠中鳥史無前例般被釋放，被放逐，被帶到無法豢養的放生地，重新領悟自在自適原來是多麼遼闊不着邊際。如今在東京猶如雪祭般唯美的速雪，心境沒有如以往般自若，有時甚或有股前途未卜的失落。在雪中如履薄冰並不是虛説，職場本如是，走在濕滑的步道上一步一驚心，濕滑的冰面容易使人摔倒，縱然摔個正着又不如以往般沒所謂，在輕慢不得的年歲一不小心，隨時就此一跌不起。更何況要顧及孩子，天真爛漫的小孩比起十年前在首爾的自己年少得多，冰冷的手説不冷，牽我在前頭催促我不要過分憂慮，難得見雪。難得似乎就可肆無忌憚，幾個東京少男穿着入型入格，以高亢的歡聲加上在暴雪中滑行之姿，輕易地從我前頭左邊挺至右邊，其中有個東京少男赫然轉身，傘子隨手張開，落得一身白雪覆蓋，笑得利落，同伴拍照，然後一擁而上，差點沒摔壞，就像劇場間節選了東京愛的故事，只有仍在飄蕩的雪比起他們更張狂。

在午夜夢寐之際，腦海不住想像東京咖啡館內第一杯黑咖啡。為了享受悠然的東京日和，途經冬陽下觀照映雪，晨早七時半已在前往咖啡館的灰白路上。眼前如一片索漠，然而在東新宿駅出口旁的 Tully's Coffee 整排落地玻璃前，映得一天湛藍一地雪白，東京雪乍晴，寒氣漸崢嶸，才知道東京職人會在七時許安坐在咖啡館，還多有在手提電腦前專注辦公，我卻坐看上班族如何在雪地上來去匆匆，一副習以為常的樣子。聽着貝多芬第 14 鋼琴奏鳴曲，喝一杯寧神咖啡，總有一種有今生沒來世的感受在心頭。如果不是假期，想必已在辦公室內討論着各種事務，那些沒趣的日子。頃刻能牽扯出初見雪霽後的愉悅，日式寧靜與整齊，心裏還是感謝上帝的恩情與可靠。咖啡館內一位店員，本在執拾客人食物盛盤，當她瞥見有客人背袋離座，在朝向正門之際，店員急步趕回收銀機前頭，掬起雙手置於腹前，九十度鞠躬道謝，如此敬業，看在眼內怎會不舒暢？

別的客旅四圍趕風景，我就這樣坐在閒散的咖啡館內閱讀，孩子讀英文原著《Harry Potter》，而我這趟旅程帶上賴香吟《島》，與記憶裏蘇偉貞《沉默之島》自然對讀着，從而想像自己的原鄉之屬，不期然產生沉默中耐人尋味的繁複。島與島之間，愛情是一回事，工作是另一回事，但歸根究底都是生活價值和意識。想像島有甚麼方法？當賴香吟說：「我還能如何地想起島？我要遺忘島獨自年老，還是與島一起浮雕在青春的最後片刻裏？」那個一口流利英語的日本友人告訴我，你們都愛到我們的國度，其實這裏不如你們想像。他說一生人只做一份工作，營役大半生甚麼都沒有。他告訴我才想起島的變幻原來早已沒有設限，空間在時間裏運轉，本以為自己與島能長相廝守，卻原來只不過是一場無法說得清的虛言。住在久經天然災害的櫻花之島，心裏有說不出的苦卻仍舊噤聲，因為是沉默的民族。然而現代化早已把所有懷想棄絕，眼前只有新的赤地之戀與追逐，蕃昌的變奏沒有顧及沉痛者的聲音，然後是切切實實地把沉默的聲音遺忘。我沒有回應，只是認為島內的界線似乎愈來愈模糊，我們這些外來人也沒法一下子看得清。眼前滿地積雪，途經的路人踏過雪的灰白，沒有平常的自若，步步為營如擔心無端地摔了一跤，可丟掉的隨時不單止是工作。都在追逐，沒法子，經濟圖騰是唯一的形狀，才想起原鄉的島嶼，在曾經聲色犬馬的年代，島民努力經營打造自己的島，為了半斤八兩不惜費盡心思創造新的世界，拼貼出來的文化圖象是人人所好的。如此，我們應怎樣下去？如果我們仍然設想島只有酷寂幽森的氣象，那末，我們又如何繼續想願島終將迎向怎樣美好的韶華？我們也期許島的將來是更美好的氣象，因為我們都鍾愛自己的地方。

及至中午，走至新宿中央公園的遊樂場所內，地面仍是透薄的雪，我瞄着三個衣履筆挺西裝款款的上班族在認真地吃飯，沒有閒話家常，如此專注地在做一件事。晚上跑到池袋西武百貨公司，聖羅蘭店女職員在我耽誤了放工時間卻仍非常尊敬人，專業能耐與奉獻精神如武士道家。當我本以為百貨公司九時關門，還在慢條斯理地選購，女職員沒有失去恭維的笑，待我付款後着力聯絡並陪同走至退稅部門，才曉得已是八時十六分，店在八時正老早應要關門了。眼前退稅部門五位職員伺候我一人，排得整齊，盡當天最後的責任。我除了表示歉意，也只有敬佩。我可以想像友善員工或者是啞子吃黃連，因我一人之誤而準時放工沒得說，更要笑面迎人，沉默的她，沉默在笑容，沉默的聲音在後頭。我又想起那位說出一口流利英語的日本友人所說的話。然而話又說回來，甚麼時候在香港也受過這種禮遇，記憶中沒有。待客之道無疑愈來愈受客旅所重視，我們以為商店的高度和熱度是慢慢變奏的，其實不是，它是一瞬間變奏的，而自命清高的態度終究會被客旅淘汰，就如替城市的寒冬鋪上滿地積雪一樣。

受了天上人間的款待，再次回首原鄉之屬，雖不至急雪舞回風，然而提心在口，至少也如亂雲低薄暮。羈纏五欲，流轉三途，甚麼時候可全然脱去俗務的牽累，還不知道，若非陽光明媚，怎能輕說也無風雨也無晴。然而，在眾聲喧嘩的命途上，若短暫能於雪後初見霽，我還是要替自己舉杯，畢竟世事虛空如捕風，栽種有時，拔出有時，拆毀有時，建造有時，既然已有的事，後必再有，無非是流徙，那末在繁花綻放於期時，就任花自由地開，心自然地放，務求一日把長安花看盡。

荒原的盡頭必然看見希望

如果仍然相信，終有一天，荒原的盡頭必然看見希望。

這是難得的一趟京都之行。一行二十人，有我幾位藝術駐留之友，包括曉彤、櫻瑺和昱珊，加上十六位高中生。這次有意識的藝文散策，乃為提升高中學生的藝術視域，製造深刻的藝術反照。故此，就連旅程的名字也起得有些驕縱，還要在橫額的中間位置寫着「京都藝文深度學習遊」，好像方便拍照，其實在自抬身價。而辦這次京都藝文深度學習遊的是四位藝術和文學老師，我們一直稱自己為「藝術駐留之友」，事實上我們根本在同一所學校工作。之所以稱作駐留，是基於我們都將現在的工作間視為短暫的駐留，旅程才是生命的歸宿，如此想像，可抵消過度工作所帶來的鬱悶。故此，每次出行皆被視為回到生命的歸屬地，重新察驗各種光線、土地與空氣變幻的機會

早前報道，著名日本建築師安藤忠雄所設計的「光之教堂」將會永久關閉。這對於打算認識安藤忠

雄的建築風格的人來說，簡直是一大可惜。學習之旅的首站就是讓學生體驗安藤忠雄的建築想像，途經大阪，先行經「中之島童書之森」兒童圖書館，整個圖書館以安藤忠雄一貫的清水模風格，粗獷冷冽的混凝土所建造，極簡主義的建築風，通透的大型玻璃，引進大量自然光，建築與自然融和，就是安藤忠雄所強調的建築元素。只要走進中之島童書之森，眼前就是安藤忠雄為兒童圖書館創作的第一本繪本《惡作劇的建築家》親簽書籍。學生嘗試走過空中天橋，又挺進以混凝土建造的垂直圓柱體獨立空間，牆上投映魔女宅急便的少女向高空飛去，飛到月球之上，然後月亮慢慢降落，落在一個日本小孩子的頭上，瞬間幻化成小王子。如此扣連日本動畫與世界名著，也扣連小孩子和我們的思緒。更進一步的是，藉着重視光、風和水的結合，幾何建築風格而形成的穿透感，安藤忠雄在京都創造了使人震懾的藝術都庭。基於學生不曾見過世界名畫，我們率領學生前往京都府立陶板名畫之庭，除了欣賞安藤忠雄的簡約建築美學和幾何流變的風格，學生亦可藉此欣賞世界各地名畫。除了光的滲透、人工瀑布水的流動，以板塊形式塑造的藝術走廊，引進風的流向，同時在巨型混凝土上置有多幅世界名畫，例如達文西《最後晚餐》、米高安哲羅《最後的審判》、莫內《睡蓮》、梵谷《星空下的絲柏路》、張擇端《清明上河圖》等，如此巨大的畫作置在陶板混凝土上，學生無不訝異，也感藝術靈感思潮正開始踴動。

零下兩度嚴寒天氣下，走進京都國立近代美術館，館外經過慶流橋，巨型的平安神宮大鳥居聳立，學生在前頭擺出各種模特的姿態，是少年藝術家留影，大概許多年後照片中會有人成為全職藝術家，也有人會擔當藝術老師。而當中有趁早成名的吳橋同學，這個乖巧的孩子。有次電影公司編劇和監製，就是文友王韻詩聯絡，我誠摯地推薦這位好學生給她，後來韻詩和導演梁健邦一同到校，阿橋五分鐘準備，立時試演一幕。阿橋最終擔演了電影《半熟時光》男主角，真是欣喜快樂。我不知道吳橋往後會有多大成就，打從心裏盼望他的演藝事業能融進藝術中，創造自己的藝術表演國度。回看慶流橋的左端，那裏是京都國立近代美術館，右邊是京都市京瓷美術館，恰巧遇上村上隆藝術展，學生首次欣賞如何將藝術作品融入流行文化中。眾所周知村上隆與國際知名品牌路易威登 (Louis Vuitton) 跨界聯乘推出產品，非一般大眾所能購買。觀賞一輪嶄新且複雜的藝術創造，離開美術館後，學生突然都安靜起來，不是剛好的藝術踴動嗎？我只能理解學生都在思考藝術路途，然而學生心裏的自我叩問，想必是應否往後走藝術道路的問題。就在猶豫瞬間，我們已拐彎進入日本最美的蔦屋書店，恰好斜陽夕照，晚景掩至，淒美黃昏更添唯美想像，我偷偷聽見一位決心走藝術路途的男生嘆了口氣，然後在夕陽掛枯藤的晚影下，徐徐進入書店。書店永遠有恢復人類靈魂意志的魔力，甫走進來，學生瞪眼看着各種美輪美奐的文青小巧物品，頓時感到希望處處。有一位熱愛電子繪圖的學生，無意識地發現原來可把電繪刻在文青不織布布袋上，而那位若有所失的男生捧起了三浦紫苑《沒有愛的世界》，他應該受漂亮的封面所吸引。藝術思潮有感再次被召喚，所謂藝術荒原，患得患失本來就是藝術家的命途。

又新的一天，如果可以，我想大家應盼望回到原初，回到剛剛出發的時分。然而，在陰霾掩至的天色下，微雨更添寒意，意料之外，學生沒有預期的雀躍，可以說，都沉浸在某種無形的藝術失落之中。又來了，是藝術命途的起伏。我們途經鴨川，本來也只不過是著名的河川而已，然而，學生有感河岸頗有「多啦 A 夢」的畫面感，於是就這樣良久逗留在川上，看河水呈現的層次，也在早春的櫻花前留影。才發現兩位身穿日本校服的少女端坐在河川堤岸，學生的表情簡單而純粹，眼神流露着憧憬，幾位學生感到羨慕，就像親眼目睹日劇在眾目睽睽下上演，只是後來，由於天氣太冷，我們也不得不離川上路。在灰濛不清的空間裏，我們一同走過，走過鴨川的一排樓房，樓房在灰暗中呈現一點點亮光，如流動着的電影鏡頭。我們頃刻成了電影裏的陣列，大步走期間沒有人發出聲響，只有幾輛從後頭經過的單車時有發出叮叮響聲。直至走過花見小路，學生聽說這裏仍是藝伎的生活處，於是輕輕踏過路上磚石，沒有甚麼雀躍，仍舊靜默無聲。後來，若有所失的年輕藝術家終於表示，自鴨川到花見小路沿途的氣氛太慘澹，有感京都的簡約與華美，落入歷史之中卻又抽離現實之外，有感環境熏陶神緒，有感靈感之有無，也似乎是表現藝術的時候。也就是說，如果不是短暫行過，若能久居這裏，至少游離，學生大概已端坐在河川，逐步做起自己的藝術來。

但我們也不必過慮，因為學生的靈魂意志恢復得很快。京都國際漫畫博物館必然是日本獨有，四層樓高，放滿了我們認識和不認識的漫畫。這裏無論是青少年還是成年，皆專注地閱讀，漫畫必然是流動在日本人的血脈裏。當我還在談論宮崎駿、《龍珠》和《男兒當入樽》，學生説他們都在看《排球少年》和《光逝去的夏天》，而我不知道那是怎樣的一回事。而我最認為是一回事的，是博物館外那片青綠的人造草地上，一眾日本少年就這樣攤在草地上閱讀漫畫，有獨自一人，也有三三兩兩，反正看得入迷。然後是此起彼落的歡聲，來自漫畫世界。我無法想像香港學生會有這樣的草地，這樣的快樂和這樣的歡聲，我只相信在香港學生面前，還有好幾本未完成的補充練習，幾本未練得通透的琴書，和無法消亡的愁煩。一小時短暫的瞬間，學生選上喜愛的漫畫，模仿筆法，就這樣愉悅地樂上一畫如一束美妙的晨光。於是，我也在旁寫了這樣的一首詩：

〈如果可以自由地歡笑〉

在日暉初晴的冬陽
人造草地上的笑靨
微雨漫過他們的側肩
躲在地上閱讀熟悉的畫作
排球少年與神隱少女
在各自的存有
滿足颯颯的風靜止在髮梢
癟癟腦袋如進入
宮殿或球場或現實中的行役
如果可以為孩子換一樽
裝滿笑聲的空氣
他們會繼續躺在人造草地上
直至
草地發出嫩芽
在微雨後初晴的陰霾
仍自由地展現
原初的歡聲

走進藝術荒原，有時失重，有時凝練；有時糾結，有時愉悅。於是，為了讓學生看最好的藝術品，我們來到京都國立博物館。為了保存作品的面貌，杜絕傳鈔訛誤，博物館不許拍照也不在網上娄示館藏作品，以示對藝術品的尊重。博物館外長形的一壁池水，映照高亢天空的一碧蔚藍，突然天空幾分飄雪，還是初見雪的學生興奮莫名，走起路來有感意亂情迷。由於不得拍照，學生就在博物館內選擇三項最喜歡的藝術館藏，以描摹的方法記錄。而我也選擇，其中幾個館藏藝術品印象最深。「三彩馬俑」為唐朝時器，一雙黑白彩陶馬，白非全白，呈班點狀，而黑馬瑰麗，像得天獨厚般純淨。旁邊「三彩文官俑」乃唐代八世紀之作，官俑筆直，平衡對稱。然而，我感最喜歡的是日本江戶時代中期的著名畫家円山應舉的畫作，那就是以繪畫幽靈圖著稱的日本代表作畫家。円山應舉的畫風重視寫生，同時具備親切感，他於 1783 年繪畫的雙鹿圖屏風置在博物館館藏之列，兩隻栩栩如生的麋鹿，左邊麋鹿正面以對，右邊麋鹿側面而視，雙鹿圖呈現技藝，寫實之餘重視靈動，而畫作右下端輕筆寫着「天明葵卯仲秋寫　平安　應舉」，謙謙款詞。另一館藏「絹地寄裂小裁振袖」，乃江戶至明治時期的衣履作品。絲綢織片拼接兒童振袖，以零碎織片構成衣服，眾多不同顏色的織片呈現多彩的生命力。原來那時候農村人家會向鄰居討取織片，造成正裝給小孩穿着，這風俗見於日本各地，是對兒童美好成長的祈願。而中國原來也有類似風俗，稱為「百家衣」，表示集合眾人力量，守護兒童的平安與快樂。同時，京都國立博物館內舉辦藝術家實時展覽，觀看藝術品之餘，也聽駐場藝術家實時分享，並與藝術家對話。其中有四位非常出色的藝術家，分別是吉浦真琴，德永葵、方圓和山羽春季，她們的創作皆別樹一幟，而且在 Instagram 有很多粉絲。除了藝術專項工作，她們也各自分享如何辦當代藝術推廣。這次藝術串流與遊走，的確遇上喜愛的館藏，也呈現了各種各樣的藝術希望。

這樣一來，就像喚醒了學生的藝術意志，有些學生敦請老師引領購置日本紙和日本筆，優質的器具對藝術境界是重要的。固然這也是原先意念，於是一眾前往「鳩居堂」京都本店，這間已有三百多年的造紙店舖，可追溯到江戶時代。甫進店內，撲鼻而來的是陣陣紙香，各種紙張和筆墨，還有明信片等周邊產品，加上穿着和服的店員，實在沉浸在雅致的工藝場，大概文人雅仕，無不嘆慰。然後，就像是這趟藝文深度學習遊的高峰，我們特意在晚上走過黑暗的巷口，只有路燈映照，添上幾分迷離情調。然後拐彎一瞥，那燈火迷黃，暈染着眾人的臉，是如此難得的美麗書店。眼前是被譽為十間世界最美的書店——惠文社一乘寺店。店內的不同角落盡是文青拍照點，藝術裝置處處，書本擺設有序，偶然配搭藝術工藝品，唯美極致，我亦購入李琴峰日文版本《獨り舞》及翻譯作品《向光植物》，於見面時給她親簽。然而，惠文社最使人驚喜，乃在書店後頭的隱秘天井，天井內藤蔓處處，充滿巧思的壁畫，刻意營造迷失的藝術荒原，其中男生告訴我，就這地方，有感走藝術路絕不枉然。就在打算離開之際，才發現原來天井的別端竟串連惠文社另一邊店舖，裏頭全是售賣文青產品，年曆、藏書套、書頂或更多使人迷醉的藝術產品。我無法想像另外九間世界最美書店是怎的模樣，然而惠文社必定是每次京都之行的落腳點。

最好的不一定藏在最後，但也可以使人期待。

我們閱讀三島由紀夫的《金閣寺》。這個世界必須要有失去，才會有獲得。雖然世界不是二元對立，然而《金閣寺》展現了美與醜、消失與存有、瞬間與永恆的對照，本質上是真實的。《金閣寺》的主角「溝口」本是無法解釋的口吃，如能真實地體會說話流暢的快慰，何其幸福。所謂幸福，一般人或許不明白當時人怎樣苦無粒果，為求其幸福而艷羨不已，最終無法求成，結果生出嫉妒，嫉妒產生毀滅。終於，溝口把金閣寺燒掉，為的是成就自己的幻滅美學。或者說幻滅美學是三島由紀大的美學觀，意謂消失才是展現美態的藝術表現形式。這個世上有人華麗轉身，隆重登場，有人暗自消翳，消失於無形，而在無形的隱匿中呈現更美的個性。消失等於創造，消失自成美學。遊走金閣寺，雖然是重新塗上的金漆，我們仍舊看它的金碧輝煌，暗地裏也在佩服三島由紀夫的壯烈。只不過，在藝術荒原裏頭，也不一定如三島由紀夫般轟烈，切腹之痛也不是美學的最後表徵。其實凡事皆在得失之間，有人歡喜有人愁，很多時候，事情總有選擇的餘地。只是有了選擇，又感擾亂心神。可以說，豐盛也好，幻滅也好，如果能看透，在藝術征途上或者會活得更加自在。

京都藝文深度學習遊，我們漫過這片藝術荒原之地，發現荒原中有着不同的身份、記號與角色，從歷史意義到文化圖騰，能解釋或不能解釋的，都有他本身的意義。如果我們不太奢望，只要輕身上路，在路途中發現某種色澤、表達或隱喻，都將會成為屬於自己的藝術存留，最終要説服的其實也只有自己，而這亦終將會成為別人口中稱之為「風格」的東西。荒原的盡頭必然看見希望，終有一天會發現荒原有路，藝術自有生命，只消喚醒它的靈魂。從沒想過二月能看見櫻花，它本來已有預訂開放的節期。然而，河津櫻提早在二月開放了，而且開得正茂。在原先沒有櫻花的旅途上遇上花開爛漫，在一瞬即逝的櫻花面前，我們都滿懷希望。

那個不存在的城

音樂家

若然大南街的年輕咖啡店蘊藏着生機賁發，那末深水埗新興的納米樓房也算是帶着可堪玩味的矜持。宅居在狹小的住處，不經不覺已是這裏既有的生存方式，就像巢居在茂林裏的蚯蚓設法要鑽出屬於自己的洞。城市逐漸變成方程，就連生活方式也可以編碼，在本來各種各樣的存在可能裏，我們卻甘心樂意地成為機械化的組件。

這天到音樂家的納米樓房作客，大廈的名字固然堂皇，樓房稱為開放式，就是沒有房間的意思。客飯廳內置了一個米白色衣櫃、旁邊擺設了同樣米白色的微型沙發，攤開來是單人床，大概要曲膝而睡。他是音樂家，想盡辦法要在家中置一個鋼琴，琴身小巧，或者對彈奏有些影響。家裏沒有一張小桌，鋼琴面鋪了張厚身絨布，上面端放了飯碗和餐具，是用膳的地方，另有幾本卡爾維諾的書。音樂家說話時樣子像憋住般無法呼吸，他告訴我這就是在香港以音樂為業的下場。我聽着他在狹小空間裏彈奏「貝多芬C小調第八號鋼琴奏鳴曲」，先是第二樂章，聲音委婉，像是在訴說現在生活潦倒的感傷；直至旋入第三樂章，尤其在幾段高亢的琴音裏，我像聽見音樂家在預表自己的將來，他必會在這寂寂無名的房子中老去，音色根本是他對將來最大的諷刺，也使人聽得愴痛。悲愴奏鳴曲，彈奏間令我想起波特萊爾的巴黎，城市裏除了冷漠的記憶，甚麼也沒有，城市也彷彿把音樂家撇棄了，且沒有想過他原是可以為城市彈奏一曲。

音樂家自從搬進深水埗的納米樓房，住處裏一直堆滿令人發噱的雜物，然而能擁有自己的房子，他總認為自己是幸福的。而為了讓日子過得更加美滿，宅居的人會在窗櫺旁邊設置高桌高椅，大撮光線從窗外映入，目光卻張着外頭的高樓，為佯裝與外頭的世界渾然無隔，音樂家總相信有天會遷至外頭偌大的樓房，故此，他會說，家居不在於大小，而在於怎樣的生存方式。當城市的現代性不斷地扭曲人的尊嚴，我們反要活出個性化的生存本質，反思真實的存在價值。音樂家這樣想，宅居的心理才會顯得平衡，而現在狹小的住處只是暫時的折騰，有天總會迎來稱心滿意的慰藉。只是，我看出音樂家的生活有些失序，面相完全失卻了音樂家的風範，緊蹙的眉結，手有些抖，就連坐着也佝僂着背，他似乎仍在盤算下一步的各樣可能性，反正自己已豁了出去，在還可自由選擇時，他理應重新替將來把脈。在起始的時候，要當音樂家的念頭一直在發酵，他得了一些獎，就是少許知名度，一次黃昏後的悸動，他撇棄了與家人同住，開始每天作曲、參加音樂比賽、累積學生人數。可是，拼了這麼多年，就連半紅不黑也算不上，在鋼琴的音樂圈子裏，他認為自己根本算不上甚麼。而我只一直以為是音樂家看不透，難道他不知道甚麼界別也是這樣嗎？繪畫的、寫作的，也不過如此，每個人也在期待着光環，甚麼時候有閒餘來給你足夠的關注。縱然音樂家再變本加厲，如毛姆筆下《月亮和六便士》的查爾斯．史崔蘭，為了繪畫，拋棄自己的妻子和股票從業員的工作，大概最終只會換來不葷不腥的生活，或者正面一點說，音樂對於他而言既不是誘餌，其實本來已融進他的身體，只是，這裏沒有給予他足夠的空間，卻讓他在惶惑中繼續那玩命的假相。

住在城市裏的人，一直以為向上發展是城市唯一的變貌，而不知道永遠只求向上的想法其實危機四伏，就像蒲公英隨時會被迴風衝走，土撥鼠瞬間會被麻鷹抓飛，城市人也不知道在這種狀態下早已成為祭品，而建構城市的人就像從來沒有考慮過度發展而來的後遺，也沒有想像不健全的空間會造成精神上無可挽回的創傷。音樂家終於體會得到了，他慢慢厭棄在納米樓房裏的日了，日子乾涸得如纏在泥裏的彈塗魚，有時咬嚙着某一種相同的生活方式也不是辦法，音樂家開始在街頭表演，一方面是為了有聽眾，也算是不負音樂的原意。然而，他演奏的是古典音樂，電子鋼琴無法呈現應有的音質，但最荒謬的是他居然在深水埗鐵路站附近的街頭演奏，那到底誰有興致駐足欣賞？社區裏的街坊手停口停，活脫脫的來去，大概連生活也無法分解，若沒有過度的干預已算是萬幸，在黏稠的日子裏，街坊需要的氧氣其實只是賴以維生的一份工，然而，音樂家也不是不明白，他又何嘗不是在街頭裏打一份工？只不過古典音樂是他仍然相信的堅持。哲學家本雅明說，在城市的現代性裏，城市的時尚唯美將漸漸走向死亡，有一天我們只會留心現代性帶給我們的物慾，而忽略藝術精神賦予我們形而上的價值。話雖如此，音樂家的唯美生活表現方式，倒如在一個老舊池塘映照的一瀉清輝，是值得尊重的，雖然，在街頭裏認真細聽音樂家彈奏的，大概只有身旁那頭沒有人關注的癩皮狗。

空間本來是有限制的，但思想沒有。在既定的城市空間裏，到底思想會比身體更自由，若不打算把將來定性，好應在城市化過度超前的狀態尚未成形，好好整理自己的思緒。音樂家終於想通了，他原以為一直參加各項音樂比賽，爭取知名度，有天將會有人替他弄出華美的海報，張揚他即將上演的音樂演奏會；但可笑的是，比他更具盛名的音樂家，也像是睽違已久沒有露面，想必和他一樣過着霉濕的日子。於是，音樂家決意壯起膽來，跑進大南街的年輕咖啡店裏，也管不得人家説自己神經質，詢問店長是否需要考慮佈置一個音樂時段，真實地有個人來音樂演奏。音樂家怯生生的表情卻烙滿了對音樂的熱情，反倒店長張着嘴，眨了幾下眼睛，請音樂家端坐在高椅上，給他沖了美式咖啡，看來是有事慢慢聊的意思。音樂家點了點頭，翻開卡爾維諾的小說，佯裝的目光在偷瞄着店長。新穎的裝潢，店內一片白，除了部分點綴，都是白色的；客人穿搭新潮，一副滿有生活品味的樣子，桌上都是蘋果電腦。他在閱讀客人，想像這些人都懂音樂，彷彿都是潛龍。然後，店長和音樂家點頭，說話淡淡然般，沒有過度興奮，也不全然否定，只執拗地要求音樂家在每次演奏時彈奏蕭邦。對音樂家而言，這是他首次擁有自己的演奏空間，一如作家終究有了自己書寫的地盤。音樂家離開了咖啡店，本來打算回家，只是想起樓房裏的空氣如醃製過的煙燻魚，密封的樓房就像只適宜細菌繁殖，他忽然感到扎在身上的全是困窘，如果可以，他寧願從此住在咖啡店內，永遠不回去那個悚然心悸的地方。

中午時分，城市在喧囂，許多人仍在張狂地塑造自己的可能性，然而音樂家回家了。今天是屬於音樂家的，總算得上是個新開始。他將外衣扔入衣櫃，把琴面的東西挪開，張開鋼琴，開始彈奏莫札特《A 大調第 11 號鋼琴奏鳴曲》。音樂家深呼吸一口，彈指間靈活地彈奏起來，流暢和清晰的音色變化出純淨的線條，輕快的琴音十分寬闊，音樂家似是前所未有地在彈奏，頭按節奏搖晃，表情不住變化，如此一直彈奏了六個小時。音樂家沒有喝水，也沒有吃東西墊肚子，本來打算一直彈至睡覺，可是，音樂家倏地放緩彈奏，慢慢蓋上鋼琴，轉過身來，看着窗外映動着的霓虹燈閃光。他為自己輕笑了一下，他看來只是有了個演奏的地方，説到底甚麼也沒有得着，他當然不是不知道，這樣下去的日子總不好過，他知道自己真正擁有的其實只是這個納米樓房，且在這樓房裏一直為自己彈奏着熟練的樂曲。原來只要沒有開燈，晚上在樓房可以如此昏暗，音樂家想起谷崎潤一郎的《陰翳禮讚》，若果他繼續彈下去，就會如谷崎潤一郎所説，「擔心在這樣的房間裏，忘卻時光荏苒，不知不覺中歲月流逝，出來時已白髮蒼蒼。」音樂家又無故地失笑了，而且比起上一刻笑得更加虛無，更加深邃。

算了吧。音樂家終於開展了在咖啡店的演奏生活，他刻意展示蓬鬆的頭髮，架起黑色粗框眼鏡，深啡色格仔正裝外衣，手捧着幾本厚重的樂譜，外貌看來十足知名的音樂家。他似乎接受了這種生活方式，就像一位護林員，終究適應了廣袤的雨林，還打算餘生將自己交給樹木，和這片樹林終生廝守。對於音樂家來說，只要不用再長久逗留在納米樓房裏，外頭的世界仍許是未知之數。

表姑

多少年後，沒料到表姑家裏仍舊充斥着陣陣酸餿的氣味，像一群老鷹巢穴在洞。窗櫺無法透析外頭是怎樣的世界，就像摒絕了各樣的躁動，表姑已許多年沒有離過家。自表姑丈死後，表姑一直頭戴着茉莉，白皙的臉正好與一襲黑色蕾絲長裙對照，反正不外出，其實穿搭怎樣有甚麼要緊。表姑的腿浮腫得似包裹着樹幹的泥頭，手臂一堆堆紫紅色瘀血，身軀像僵硬了似的，沒有呼吸的動靜，除了眼睛慢慢地開闔，倒只剩下一副活皮囊。

我敢斷言我是刻意佯裝恐懼，我幾乎不想承認這個表姑，她的家是個毒瘤，怎麼樣的細菌也在空氣裏漂浮，這次探訪，人也像給細菌醃製，手臂擱在枱沿，竟沾得油膩，還好表姑話不多，我也不必太在意對上嘴硬着說話，好些時候也只有媽在自說自話。她恨，不單是對表姑丈，更可以說是對整個家族。媽媽曾說過表姑是在福建老鄉挑選來的，表姑丈年紀本不少，家人心急起來，硬把他帶回鄉去，聽說表姑丈到埗後看了幾看，不消幾分鐘揚了揚手，點了下頭就挺到後園裏抽煙，也不曉得誘人的香是來自表姑還是後園的茉莉。有天陽光懨懨，影子綽綽，表姑步履蹀躞地南來香港，本以為過埠新娘好得艷羨，好端端的新人竟遇上獨自的尷尬，與表姑丈同住一個多月，他卻與不知何名何姓的人往印尼跑生意，一別成了永訣，從此沒有在家出現過。如今眼前的表姑，神色有些輕蔑，捲曲瀏海好像仍然娟好，如果餘生就此生命懸空，獨守空房加上精神萎靡，這生彷彿就此糟蹋了。「還是男人惹的禍。」表姑邊咕嚕邊撫着地上原好的那盆茉莉花，她說起話也動了動身，總算打消了我一直緊繃着的心頭。

表姑的遺恨，除了是始料不及的婚姻，表叔的說話更是催化了人的意志。那天靈堂上鋪了茉莉，但不多，沒有遺照，只播着蔡琴的歌聲，是表姑的主意嗎？她到底不相信表姑丈的死，更何況那時候小英還在肚子裏——一個孕婦坐着摺元寶，沒有過度哀傷，驟眼看還以為她在替自己準備最後一程。我曾端過杯溫水給她，沒有接，杯放在椅上，記憶中表姑一直沒有觸碰杯子，後來是表叔把水喝了。表叔不是好人，自我懂事以來媽也這樣囑咐。我曾默默地凝視他，只因他抽煙太兇，每回說話口裏是腐爛的氣味，我因年少，二話不說站起來，走過去幾朵茉莉前，猛力呼吸幾口，回過頭來刻意端看着表叔，卻仍舊是蛇嚙般的嘴巴。其實我們誰也不止一次聽過表叔說起表姑丈的死，他說起話來有些虛張聲勢，表情也帶點自以為是，既然表姑的情感傷口仍未結痂，卻何以還要在人家的傷口上撒鹽，他這份人就是如此難以自制。他一時說表姑丈在印尼遇害，欠了人家而給活埋，後來又說表姑丈是給毒蚊叮了急病致死，說起話來搖頭歎息，如喝一杯苦艾。可是，我卻專注地在看表姑，她沒有說話，只繼續把元寶丟進塑膠袋，目光凝住，有時，不說話對於世界來說倒是利器。「好一朵美麗的茉莉花，芬芳美麗滿枝芽，又香又白人人誇，讓我將你摘下，送到別人家⋯⋯」我從來沒有在這種狀態下聽着時代歌，若思緒一刻過度入神，反倒像把人逼瘋般戰慄起來，外頭鐺瑯鐺瑯，銅板搖晃，倒是使人抽離現狀的原委。我不曉得表姑有沒有在聽，然而自此以後，親戚多半說表姑在裝模作樣，有些說她是故意的，我反倒對她添了好些體貼，我還設想她的思路，這世界終究是講理的，管不得人家說三道四，這次喪事表姑就是主人家，她愛怎樣就該怎樣，失序的不是她，而是我們。

至於小英，我在替她慶幸還是哀怨，難道還寄望她在這狀況下完好如昔嗎？或許要説，她從來未曾安好，除了坐月的幾個月，表姑似乎老早打算將小英送走，「送到別人家」，是貨真價實的在做，她是真的瘋了嗎？怎麼捨得？媽媽説因表姑沒奶水，臉容乾癟，也不要奢望她有剩餘的力氣，小英出生後身體虛弱，吃得不好是自然的事，況且蒼白的日子使表姑如墮進時間的縫隙，她就像已耗損的時計，勉強循環一周，又回到悲劇的開端。於是，在母女之情尚未成形之際，那倒不如撇下記憶之苑囿，像一艘無法回航的船，自離了渡頭，岸上的人噙着熱淚送別那最後一瞥。果然，離家那天，細雨初歇，陰鬱的風在吹，涼颼颼的，媽一大清早和表姑抵達旅巴站，一天車程，直至晚上便回到福建老家。臨行前我趕緊裹好兩包鬆糕啊、饅頭啊，小心請媽放好，媽點了點頭，卻只顧將手按在小英裹頭的軟布上，當心掉下。表姑還是一貫的肅穆，像乾涸的湖泛不起漣漪與波粼，她抱着小英，在孩子的臉旁放了茉莉，拍下拍下，驟眼看來，她就像情感上沒有甚麼破損的人。在一群不安分的乘客中，表姑緊抿着嘴，目光凝定在看馬路，顯然是在想像這場毫無預兆的困惑將怎樣發展下去，她的人生頃刻就像不能違逆，表姑丈下落不明，卻終究無法理解何以當初要將自己娶了過門。車門甫開，表姑吁了一口氣，抱着小英上車。

就在我送別媽和表姑的旅巴之際，表叔突如其來趕至，他隨意地吐了句：「送走了，這才像樣，是我們的主意。」我才曉得，送走小英的主意原是來自表叔的，那末表姑一直以來冷靜的面目或許不是真相，看着旅巴遠去，我大概理解表姑可能是沒有意識的聽從，毫不彆扭，就像在荒野部落中被掠奪的人，沒有一刻懂得自己可怎樣自處。浮光輕淺，向表叔道別，我心頭突然一陣恐慌，想來最可恨的倒不是現實的荒誕，精神與意志的吞噬才是徹底的使人骨寒的緣由，直至此刻，到底有誰問過表姑有沒有話要說，意志揉得熨貼當真可隨便割捨？記憶而來的後遺可隨意撫平？想到這裏，毛骨悚然，卻仍未弄清，送走孩子小英的主意，媽是否其中份兒？

在客廳中，我嘗試目光游離，仍不願與表姑對上眼。小英至今送走了許多年，表姑到底有沒有考慮過將她接回來？「還是男人惹的禍。」表姑是這樣的不能放過，她似乎管不了酸餿氣味怎樣充塞房子，氣味與憤懣似乎老早融和，只有恨，陌生的呆滯就像是怨恨的專屬表情，而小英似乎已註定成為這股恨當中的包袱，鮮蹦活跳地活着，卻是活該且沒止盡的悲劇延續。

長浪風

黃昏餘暉沒了，蔚莜與平成走到街上。馬路對岸是沙灘，平成揉着腰間，瞬間瞥着蔚莜獨自走過去，她把燈籠放在海上，海水把燈籠帶到很遠的地方。

海風吹拂店前的燈籠，如影。平成端出其中幾個，掛在店前的橫鐵杆上，今天是燈火祭，按傳統遊客都來這裏點燈，就像一年只做一次生意般。蔚莜就這樣坐在沙灘上沒有回到店，她在看遊客點着店舖售賣的燈籠，這店本來就像餘燼的灰，這趟卻死灰復燃，她的確是意想不到。蔚莜回頭看了平成，感覺是前所未有的安祥，這次若不是他，她大抵無法承受身體要被分解和掠奪一樣。此際，微風下，燈籠點染着整個沙灘，沙灘上豎立着「長浪風」直牌匾，遊客都愛到這裏衝浪，也來點燈。而對上一次看見整個沙灘都是燈火，可要數到母親死前五年的日子。

＊＊＊

那是五年前燈火祭之後的一天。

想起來，蔚莜只可以用乾涸、虛脱與耗損來形容當下的狀態。陽光映入店內，佳霜還在內室裏睡，她一定沒有想過，當她起來時母親已離開她們了。蔚莜不是不知道母親與那男子相好，可以說，母親本來是屬於那個家的。蔚莜一直意識到自己的身份，她在意母親在彼岸有另一頭住家，更在意自己的家到底是否只是剩餘。她在那麼年幼時，一個和煦的早上，母親說爸跟從別的男人出走了，然而，她明明看見爸獨個兒跑進海潮，她還以為爸真愛海，愛自由。

如今，蔚莜沒打算把佳霜弄醒，就像讓她在夢中遠離，沒有過度的干預，佳霜或者仍有一個美好的早夢。是的，蔚莜知道，都這麼個年紀，母親比她更孩子氣，像年輕人不顧一切地離家出走，就連燈籠店也不要了，留下她們和店裏一群蒼蠅，過早享受着鄰家小孩期許着的自由。而事實上，蔚莜知道母親其實只是返回自己本來的家裏。

拓野燈籠店內排上一整排啤酒樽，母親酗酒，已不是這些年的事。每逢母親與爸的關係緊繃，流徙的心靈出口就是眼前的啤酒，爸懂得母親的歉疚，但一個男人又怎麼能承受得起獨自的潰散，誰叫他相信母親的偽語。此刻蔚莜心裏竟是異常地平靜，她沒有遺恨，手不住地撥弄啤酒樽上的蒼蠅，蒼蠅四圍亂飛，然後又回到原來的啤酒樽口上。她手裏捧着燈籠，馬路上不斷流動着的車，海潮流進又退去，佳霜突然從她身旁挺過，坐在店前的橫木椅上，提起木結他彈奏，蔚莜認得是《海街 Diary》單曲，清脆而純粹，她感覺自己和佳霜就像是枝裕和故事裏的主角，在現實中等着要拍的電影。

「佳霜，母親走了。」

佳霜拍了幾下木結他，慢着停了下來。

「走了就走了，她本來不就是不屬於這裏嘛！」

「說的也是。只是我們往後怎樣？」

「也沒怎樣，我開始了街頭演唱，那就不用煩着照顧那個酒鬼哦。」

蔚莜吁了口氣說：「也可以這樣說。看你的表情好像沒甚麼大不了。」

「的確沒甚麼大不了。」

「我也沒有甚麼，只是從來沒想過要打理拓野燈籠店。」

「沒想過就不要打理，反正把它關了，沒有甚麼違逆。」

「我就是怕對不起這個地方，拓野燈籠店是很多人的記憶。」

佳霜就像很懂事般，說：「蔚莜姐，我應承每逢周末開店，不是沒餘地般結束就是。」

「那好，也不瞞人，我已有隨時可上班的工作。」

在毫無預兆下，蒼蠅飛至，佳霜不住撥弄，蔚莜也替她拍打了背。

就在翌日早上，蔚莜開始在燈籠店同一條街上的找換店工作。草老闆退休，獨居老太，她沒有把找換店結業原是為了特意來造訪的遊客，有時就是有些人手邊需要兌換零錢。蔚莜沒有想像生活應如何割捨，總之離開燈籠店更像是生命禮讚。找換店的生活簡單，卻會遇見不同的人，如讀一本書。她喜歡。有時風從玻璃窗底捲入，海水的氣味。沒有人的時候，她看書，看吉本芭娜娜《白河夜船》，也看辛波絲卡《辛波絲卡 · 最後》，特別在炎炎夏天，風夾着海水鹽味，沒有冷氣，汗滴在書本中間，直流進書本的夾縫中。有時蔚莜深深呼吸，胸脯起伏，她會看一看自己的身體，然後在想像是不是有男子會喜歡在找換店工作的女子。明明母親有這麼個男人喜歡，她就只在找換店和草老闆閒在一起。她回頭瞄草老闆一眼，等待良久，動了動，才確認她沒有就這樣死去。蔚莜開始發現找換店沒有足夠的零錢給遊客兑換，於是她索性把拓野燈籠店一直擱着的錢箱帶來，也沒有記帳，反正草老闆待她好，就當是某種對熟人的禮遇。她有時會把零錢盡量排好，排得實在，就把書本斜放在上面閱讀。有時草老闆會坐起來扇涼，風吹過，蔚莜就嘗試感受前頭和後頭不同的風。

佳霜呢，大概早上從沒有在燈籠店起來，直到中午時分，她會自己創作歌曲，寫一些詞，黃昏時逕自在海灘立起帳幔，拉起電線，光影迷離，開始唱着自己的歌，有時也會嘗試唱別人的。蔚莜從來都不理解何以遊客會在佳霜的琴袋內丟零錢，她很確定有些零錢是在找換店換來的，佳霜傳給蔚莜看，蔚莜又把零錢帶回找換店去。佳霜用木結他創作出不少歌曲，草老闆說其中一首是長浪風的主題曲，曲調很切合，然而每次問起草老闆，她又忘了是哪一首。至於寫詞，佳霜還得靠蔚莜，晚上好些時候，蔚莜會在燈籠店裏讀詩，她喜歡特朗斯特羅默的詩，還有商禽和夏宇，佳霜紀錄了很多詞語，甚至句子，把詩寫在自己的歌詞裏。而即將蒞臨的八月燈火祭，已停辦了好些年，佳霜也在電子平台上發布了演出的消息。

＊＊＊

平成把啤酒樽排列在門前，母親和爸日日夜夜都在喝，分明是酒徒，好些時候，兩人喝得天昏地暗，就像沒有甚麼需要依恃，平成每個月給他們的家用都買酒去了。要不是自己在學校的工作，他沒想過怎會有閒餘供養，有時他的確以為自己是囚枷於暗域中的浪人，幾生修來才得這種父母，又或者說學校工作訓練出額外的能耐，他只好每次把啤酒樽排好，把樽退掉換來些零錢，也算是生活的戲謔。平成自小知道母親有另一個家，爸已為母親沒有了尊嚴，像一頭負傷的獸。可爸知道母親愛喝，以為日日夜夜陪她喝就可以留住這個女人。

陽光有時自窗櫺映入，照着平成枱上的課業。平成批改了幾份，便隨即攤在床上看着蔚藍的天空，他常常想像自己像天上的星斗，懸在天上又總不會墜落，在藍天後面想必是更自由的世界；但無論如何，他卻也無法與大海聯想在一起，平成只喜愛天空，至於大海就像會令人發噱，陽光是明媚的，海洋有時岑靜得使人害怕。

平成就像個自生自滅的人。若不是迫於無奈，他會在學校工作至夜深，從天亮至繾綣的黃昏，直至黑夜，天空就像陪伴着他。這樣一來，那個單位反正就留給爸和母親，每回到家，兩人都像睡了還是喝醉，而他只會穿過大廳，回到自己專屬的房間裏去。

這是特別寧謐的晚上。只見爸和母親微醺的臉，兩人就這樣趴在枱上，旁邊幾個啤酒樽，母親手裏的那個樽仍然横捧着，地上一攤啤酒。就由他吧，也不是新鮮事。日子不就是這樣蒼白嗎？進入血絲眼球的，令人血脈賁張的，似乎都是一陣陣使人躁動的不安，有時就連窗外地盤打樁也在虛張聲勢。平成別過兩人，在自己的房間裏過着自己的日子。他攤坐在床上看露伊絲．葛綠珂《野鳶尾》，身旁是村上春樹《萊辛頓的幽靈》。他看了詩集再看小説，然後在手機記事本中寫下一些感想，其中有幾個字用横線間劃着，蕩漾、掙扎、腐爛、摒絕、驅散，刻下可以來形容他自己的，或者就是這幾個詞語。然後，平成提起幾篇學生作業，徐徐的又放了下來，他戴上頭套式耳機，聽着莫札特奏鳴曲，一股突如其來的幽暗感湧入，他握緊雙拳，頭臚上下左右擺動，倒抽了一口氣，緊皺着眉，竟無故地哭了。哭泣過後，平成身體逐漸變得酥軟，終於入夢了。只是，平成沒有料到，當他一覺醒來，才曉得大廳的爸和母親根本是用啤酒仰藥，就這樣無聲無息地，死了。

平成替爸和母親辦了喪事，租借了會堂，兩人的照片擱在台上。所有來的人都知道他們是夫婦，而沒有人知道母親還有另一個家。來賓上前慰問，平成點頭表示道謝，他沒有哭，所有人都認為他是傷心過度，有些人在談論他空靈的眼神。其實平成是真的不想哭，也沒有過度傷心，反而，他在等待喪事完結，嘉賓離席，或者可讓他早一點得着安慰。由始至終，絕大部分來賓他都不認識，男性居多，他好懷疑這些來賓都是母親生前留落和無故招惹的，他瞥看母親的照片，沒有甚麼難堪，反而更覺得自己對母親原來有了更多的了解。

＊＊＊

陽光淡淡，透進會堂。光影隨風映着，會堂內桌上的食物、酒樽和幾隻酒杯就像融化了，外頭的風穿透，打落扇葉，像吹奏般響。蔚莜和佳霜穿着白麻衣。佳霜自小怕熱，汗如豆大，沿着頸項流至鎖骨，再流進衣內胸脯。蔚莜呼吸平穩，眼睛一直瞪着門外的風鈴，就像在等候誰人般，其實她知道沒有人要來。桌上兩枝白蠟燭燃着，一張白布鋪設，母親最終留下來的照片就這樣斜睨着佳霜，佳霜在意，故一直垂下頭沒瞥過母親一眼。

正午三時四十五分。

等候陽光照遍內室，如同兩姊妹在靜謐中等候時間擱淺，租借會堂以兩小時起計算，跑了程序仍不懂還有甚麼未了的事，盤坐在蒲席，蔚莜和佳霜卻一直沒有說話。聽着夏蟲鳴聲，就像隨便經年，兩姊妹沒想過就這樣死了個母親，佳霜倒沒有痛感，反正拓野燈籠店從此結業，把店變賣換錢。蔚莜呢，她真實地經歷了這次喪事，才發覺原來自己對母親是多麼的懷恨，就像不住噬咬本來已破損的傷口，只是，為了避免情緒蔓延，她懂得表現平靜。

仍舊是一片平寧，不知何時內室滿光，蔚莜在注視裏頭空洞的房間，就連屍首也沒有，有一刻蔚莜還不理解自己在為誰憑弔，從沒想過一別成了永訣，但向來與母親的關係就像不葷不腥，她也沒有太大所謂，反正是辦了件應該做的事。

就像凝定一瞬，一襲黑影正好蓋着陽光，然後傳來的是一聲低沉的男子聲音。

「你就是蔚莜吧，抱歉，能這樣直接稱呼你嗎？而她想必是佳霜吧。」

佳霜的眼珠左右挪動，心頭仍然是懸空着般狀態。

蔚莜卻禮貌地說：「沒關係，我是蔚莜。請問你是誰？」

「還可以是誰？若不是我和我爸，你母親本應原好地在你們的燈籠店裏。」

「那麼，你就是平成先生對吧！」

「對！」

蔚莜點了頭，眼睛瞥向母親的照片，吁出了口氣。然後起來，踱至會堂門口，平成隨她走到門的另一旁。

平成首先開口說話：「我們都有同一位母親，你不介意我這樣說嗎？」

「怎會介意，你也經過不容易的日子吧！」

「怎麼說，我不感到太過不容易，雖然住在同一個單位，但我就像獨立個體，與他們有着明顯的分割。我反而在想，如果這樣下去，我將會變成他們的負擔，又或是他們變成我的負擔。」

「我雖然不能完全理解你的狀態，但是母親突然離家的那天，我和妹妹也有着相似的感受。」

「理解。我也忘記在甚麼時候開始，從母親和爸照顧我，轉變為我照顧爸和母親。我甚至無法回溯那是個怎樣的過程，就像造夢醒來，而無法重組夢的本質一樣。」

「那麼，我們比較簡單。事實上母親從來沒有認真地照顧我們兩姊妹，記得七歲以後，無論是身體不適，或遇上甚麼困難，我們都會到找換店找草老闆。」

「這不是你們的錯。」

「當然，我沒有說過我們有錯，只是燈籠店就這樣留了下來。」

平成望向了天空，說：「每年長浪風的燈火祭是我們這地方的重要活動，這幾年停辦了好可惜。」

「對，所以今年會重辦，佳霜也會在其中演出。」

平成瞪了瞪眼，說：「真的嗎？那真是好事。我還以為長浪風要變成只有衝浪的地方。」

蔚莜再深呼吸一下，說：「是草老闆的意思。她花了錢要再辦一次，她想念燈火祭，怕有生之年無法再看得見。」

「原來這樣。」

「但我沒想清楚以拓野燈籠店名號參加，這店要關。」

「會感到可惜嗎？」

「也沒甚麼可惜，反正借出所有燈籠就是。」蔚莜說罷，平成點頭示意。蔚莜回看會堂內，原來佳霜已不知往那裏跑了。她才想起，此刻，原是母親的喪事。

＊＊＊

陽光逐漸消退，盛夏的風仍然溫熱，沙灘上置了好些吹出冷風的電風扇，好些少女在前面享受，衝浪的男子身體金光閃閃，本來就甚是涼快。遊客逐漸來到沙灘，馬路旁老早泊滿了車，長浪風居民似乎已忘了一些傷痛，就在四圍佈置出甬道，遊客擠進來，趕坐在演唱台前。

自下午三時開始，拓野燈籠店重新亮起燈光，趟閘捲起，平成把燈籠逐一掛在橫鐵杵上。蔚莜一直看着平成，真是始料不及，平成終於辭退了學校工作，天天到拓野燈籠店來，說要接管這間店，他說自己原來一直夢想着辦長浪風燈火祭，從製作燈籠學起，平成費了三個多月。啊，是真的嗎？蔚莜沒有相信，只是她樂意把燈籠店交給平成打理。

遊客愈來愈多了，不消一會，蔚莜把新一批燈籠抬出來，她甚至跑到馬路上，另開設一個銷售點。草老闆來了，她負責收款，也接受兑換，她還是首次進到拓野燈籠店的內室。蔚莜向每位購買燈籠的遊客點頭道謝，也展示了笑容。平成亦把自己的學生叫來。

天漸黑稠，終於，已停辦多年的「長浪風燈火祭」再次盛開了。

好些剛到來的遊客仍舊擁在拓野燈籠店，平成繼續售賣燈籠。蔚莜獨自坐在沙灘上，回看燈籠店裏的平成，心頭突如其來一份緊張，深呼吸了幾下，胸脯上下搖晃，卻比起以往更加厲害。草老闆坐在演奏台邊陲，指了指後台的佳霜，佳霜握着拳頭示意。然後，音響奏起，台的兩邊綻放花火，直上天空，平成轉身瞪着眼看。佳霜在台上開始演唱，歌很具詩韻，遊客喜歡，以為她是為了甚麼人而創作，或是所愛的人，或是死了的人，然而，於佳霜而言，甚麼都不是。

火車高速駛過光與影之袂離

我沒有想過不回去，只是回去的路途仍然遙遠。黎巴嫩的香木純淨依然，卻無法再次喚醒靈魂的救贖。

隆隆聲在耳窩，漸次接近，風愈發猛烈由右吹至左邊，像穿透襯衣般自由。平成端坐在月台最前頭位置，眼睛瞥見月亮倒映着車軌，燈影如幻化。月台前空地上一群學生在跳唱，一陣又一陣喧鬧的聲音。平成沒有特別喜歡，似乎過度青春的魔力早已被凍結，然而當一陣風吹過，他又自覺有如置身於花火夏祭，那時候在長浪風海灘年輕湧動的日子。

平成今夜決意等候最後一班火車，縱然是中年開溜，最終是否要回到自己的歸屬仍是未知之素。他不是第一次到了夜深還沒打算歸去，然而就像是歲月搓皺得過了頭，回家於他來説就如沉淪於過度放肆的恐懼中。好一段日子了，平成在家裏如發着一場中斷過的夢，和蔚莜婚後七年沒有了預期的滿足，失去了歡愉如空鏡，也沒有性，蔚莜天天照顧着小孩的樣子告訴着自己恍如靈魂在嘆息。除了她妹妹佳霜造訪，那活潑可人的藝文少女，捧着結他在彈奏，平成見了她，彷彿才能在虛晃中湧出幾許愉悦。他曾以為長浪風海灘的燈籠店再次活絡起來後，蔚莜可從情緒的末梢走出來，重新領略時光的快樂；但原來海風沒有這種功效，店舖縱然興旺了，婚姻卻把她帶進碎裂與拍打之間，而孩子的出生更促使她走進惘然的憂患中，就像深淵裏頭的自己以外，沒有誰人能夠過問。

就在半年前，平成第一次短暫出走，在月台上坐上三句鐘。他曾想像在月台上候車的人會不會認為他是怪客，後來當每一趟火車開進又駛離，流動的人沒有重複的臉，他才鬆過口氣，對於每一程車來説，自己就是新的候車乘客，甚或是過客，沒有連貫般斷裂。那是個不尋常的夜晚，明明花火祭周期已經開延，平成卻手持着白色塑料袋，一大堆花火棒放在裏頭，徒然地在月台上坐，花火棒數目比起月台路過的人群還要多。而在店裏的蔚莜只在乾着急，不住來電，留言卻是孩子的聲音，問爸爸甚麼時候回來。平成沒有接電，他以為這種突如其來的隔絕，的確有助調校已稱之為家的關係，至少可以在關係上產生一點距離。他意識到自己要抽離一下，這樣對本來緊繃的關係是有幫助的，而不是第一次，他以為蔚莜迫使他逗留在家裏只不過是虛妄的表象，獨自的情緒有時需要緩解，至少此刻空間比起時間更加重要。

於是，平成開始了在月台上發着呆的日子。對於他來說，月台的意義是流動、過渡、等候和離散的。如果原定應該出現的人沒有在指定且必須出現的時間出現，因疏離而令雙方意料之外地產生更有意義的情緒，從而在將來形成更自然的觸碰，猶如構築了一次又一次新的相處格局，這可稱之為「離散美學」。平成就這樣替自己塑造了新的相處意識，來解釋自己為何習慣遲遲沒有歸家。此刻，他慢慢地相信坐在月台上裝模作樣的確能騙到所有人，除了那個每二十秒瞥看自己一眼的站長。站長始終沒有對上話，然而他相信站長心裏正在說：「打擾？也説不上甚麼打擾？誰都可以在這裏坐。我只是好奇，在花火祭的日子，所有人都因氣氛而感到快樂。看你這鬱悶的樣子，自然是比較罕有的。」平成沒有在意站長的疑惑，因為所有存在婚姻煩惱的男子，都有權利獨自在月台上坐上一整個晚上。那個時候的情緒有點凌亂和紛沓，想來想去，明明和蔚莚最初相處得十分緊密，你中有我，我中有你，說起話來只有他們兩人自己明白，那些稱謂、話題和表達的方式，都是一套別人無法明白的語言，有時故意討饒，有時裝不明白，情話來往的本質就是要別人聽不懂、跟不上，這才有點意思。有時蔚莚刻意向平成調侃，說話中話，平成一下子接不上，氣結在心頭，蔚莚那時最懂得佔了說話的先機，及時安撫這像極小孩般哭鬧不成的丈夫。如此，關係的往來全都掌握在蔚莚的手裏，然而平成卻對這種相處十分受落，有時甚至會藉言過問蔚莚今天有沒有甚麼特別事，其實是想給蔚莚調侃的機會。只是有時搔不到癢，卻成為了平成無法放開且終日期待的相處套式，許多刻骨銘心的關係，也是靠調侃來維繫的。

平成一直認為自己和蔚莚的緣份是獨特的。他自幼有一個酗酒的媽，卻在媽飲酒過猛的那個晚上，才開始意識到媽的孤獨是裝來的。爸為了留住她，分明地陪她喝了好多，媽的買醉由此至終都是謊言的藉口，兩頭住家的惶惑才真實地促使她自我消耗，最終在陽光淡淡且無聲無息的一個早上，死了。而平成和蔚莚首次碰面，倒是在蔚莚家替媽辦喪禮時，平成卻一直沒有告訴蔚莜，同一個媽，兩次喪禮，自己辦的那次喪禮使他傷痛，反而蔚莜家的那次，平成心裏卻有着難以言說的平和。他們就這樣從認識開始。而為了替長浪風燈籠店購入黎巴嫩的香柏木，他們兩人曾經一起直往黎巴嫩一趟。黎巴嫩的天空很遼闊，怎料已走到黎巴嫩的邊陲，蔚莜突然情緒爆發，比當地的混亂更加混亂，然後在始料不及下折返。這是平成首次認為蔚莜或者存在精神失常的狀態，而照顧蔚莜成為了平成的慾望，慾望一發不可收拾，才有了以後。佳霜卻沒有這種情緒，她不但在長浪風燈火祭上表演，原本照顧長浪風找換店草老闆的責任屬於蔚莜，現在懂事地照料草老闆的卻只有佳霜。本來放在草老闆找換店裏，屬於蔚莜的吉本芭娜娜《白河夜船》和辛波絲卡《辛波絲卡．最後》，現在竟也在佳霜手中，就像本來屬於自己最私密的東西，卻隨便放失落入別人的寵愛裏。

情緒是婚姻的最大考驗，有時過不了就是過不了。不知從甚麼時候開始，平成感到婚姻已變得細故和不近人情，或者說有時輕淡如水，水落也看不見石出，既然調侃沒有了，就像卸下了夢幻，愈是單獨共處，感覺愈是沉重，他和蔚莜彼此雖然沒有說破，心裏倒是清楚得很。然而兩人終於打破了這種沉重的關係，在無言的共識下，隨便有了這個孩子，以為孩子的出生可以製造一些氣氛，就像沖喜的效果。效果固然沒有想像般驚喜，除了起初的一陣陣溫熱的感覺，繼之而來的是更長時間的靜默無聲，有時孩子睡覺了，家裏安靜得就像禪院，靜得平成以為自己已是退隱多年的老僧，離開家裏走到大街上恍如還俗，就像無法溝通的關係終於緩解，重壓心頭的鬱悶得以消散。

在陽光掩映的冬陽裏，蔚莜獨自坐在燈籠店內，陽光映照着蔚莜白裏潤紅的皮膚，沒有人能像她這樣，產後仍舊有着如此美態。她讓風自由地吹拂精緻的臉，瞇着的眼盯着海潮，乾癟的嘴唇緊抿着，全副心思只在想像將來的自己。她從來沒有想像過孩子出生會讓自己的靈魂產生如此巨變，她不是不知道產後抑鬱的可怕，然而她卻認定自己沒有患上，只是無法接受自己竟然與平成誕下這個孩子，她巴不得離開長浪風，一併把孩子帶上，只是沒有這種膽量，她的性格始終不如佳霜。長浪風燈籠店對蔚莜來說是不是已經不再重要？她還不知道。然而，她能肯定的是，每當平成不在身邊時，她既恨自己何以要獨個兒照顧孩子，卻又因擁有着自己的時空而感到慶幸。當然，平成不是不懂得蔚莜的狀態，他明白肆意逃離這個家是對自己最好的，同時也對蔚莜好。他害怕這種孤獨感，蔚莜已失去了從前的靈動，甚而是常年發着脾氣，罵孩子的話根本是在罵他；孤立孩子形成張力的氣氛，也是為了令平成產生某程度上的窒息感；有時蔚莜自説自話起來看似在發自己的瘋，其實是在演給平成看，為了令他無措、失據和痛苦，而最終形成無可挽回的心理干擾。這是平成可以肯定地對自己説的話。故此，平成逐漸在月台找到比在家中更受撫慰的感覺，在月台上安坐不但是毫不起眼的，人潮不住經過，他以目光瞥看不同的少女，看她們的樣子，也看身體，就像重新經驗鮮活的愛情，如年少時無的放矢卻又放鬆自若的狀態，一如每次觀看佳霜那快樂的身體。

那是意想不到的黃昏，平成在街道上遇上佳霜，佳霜在路邊彈奏結他，豐腴的身軀，感覺十分自由地存在着。佳霜成為路人注目傾耳的對象，平成也偷偷地在其中注視着，眼睛一直無法移開。對於突如其來的錯亂情緒，平成心裏不願意承認是偶然，其實佳霜這種活絡的少女是平成一直所喜歡的，只是沒有想過「終於遇上」的感覺竟來自內子的妹妹，然而，平成卻認為這是人之常情的，這種重新獲得的情愛，有時不得不魔幻一點才顯得可貴吧，反正在遠處瞄着佳霜，是一份獨有的甜膩。而這段日子裏，平成開始懷疑佳霜常常在晚上來到家裏吃飯的意圖。她明明知道姐姐蔚莜精神不好，還表面看來好端端地說要談長浪風的香木，那黎巴嫩的香柏木。蔚莜對待長浪風燈籠店猶如信仰，她重視所有用以搭建店舖的黎巴嫩香木，像極以色列先祖製造聖殿般。原來店舖的香木不但可用作搭建，也可拿來供奉，就如供奉一段刻骨銘心的愛情。佳霜的結他也是由黎巴嫩香柏木製成的，她在長浪風或街頭的所有演出都用它，結他上繪製了不同的圖案，有如古色古鄉的藝術圖騰。佳霜很喜歡。蔚莜呢，卻認為結他很不討喜，她感覺佳霜沒有好好珍惜香柏木的獨有和神聖，應視為對信仰的背叛，這是草老闆從小的教導。就在蔚莜專心看香柏木的時候，平成瞥見佳霜嫵媚的眼神正斜睨着自己，他認為佳霜是故意的。顯然她要逐步在這家裏搞些甚麼鬼主意，平成是這樣認為的，而他唯一要認真思考的是，自己到底是否真要配合她的惡念，來給自己一個重新活着的機會。

今天，平成又再次坐在月台上，因為昨天他終於嚴肅地和蔚莜表明婚姻的確存在原初的問題。原初的意思，就是所謂從前、來歷和出處，他和蔚莜「出・自・同・一・個・媽」。平成終於發現，兩人是在從來沒有想像過的狀況下結合，最終才會產生現在如此無法抗逆的傷痛。當然，在情愛之初平成一直認為是沒有相干的，但原來潛意識下抑壓了許久的一次情緒爆發，竟如災難的起頭。可以說，在平成和蔚莜感情向好時，這種倫理關係下的結合根本不應受世俗所困，文化覺醒也並非今天的事；而在兩人感情淡薄時，倫理倒成了問題的癥結，感情障礙的核心。至於在佳霜的身上，平成卻怎樣也沒有嗅出倫理的關係來，因為他們沒有真實地發展任何感情，這種一廂情願，就如初戀的暗夜心房，單純而獨有，不存在苟且的情份。這份愛慕只要一直保存在自己的心裏，情愛中純淨的高度仍然是值得自己尊重的。

坐在月台上的平成愈想愈感覺有希望，他正在等待最後一班火車到來，好告訴自己已待至無法延續的一刻才回去。於是，平成戴上耳機，Spotify 播放着魏如萱《彼個所在》，在彼之所在是滿眼陰霾裏的蔚莜在困倦裏無法逃離，失重、墜落，仍舊籠罩着這個稱之為家的地方。平成心裏確實擔憂，回家後可對蔚莜説甚麼話，怎樣可以在陽光中蒙上幾分黑稠，在現實中呈現虛擬情愛，在真實中滲透半點不真實，從而令蔚莜在接受愛情的同時，也保存有幾分擔憂和掛慮。可是，當平成想起家裏的孩子，心裏卻不期然地產生一種憐憫，就像聖殿裏的神在憐憫世人。於是，平成終於決意踏上最後一班火車，回家看看這個看來已不屬於自己的孩子。光影照遍隧道，火車慢慢駛進月台，平成拿起仍然在使用的白色塑料袋，開步走至月台邊緣準備登車。然而，真是始料不及，火車不但沒有減速，更以非常高頻且高速地駛過月台，平成瞪眼一看，原來是一列工程火車，工程火車總是在最後一班火車開離後才會駛過的，平成是知道的。如今，沒有了回家的火車，就像是沒有了回家的路，平成苦笑了一聲，站在月台邊緣，深吁了一口氣。他似乎要下決心了，他決意地告訴自己不要再拖泥帶水，如今應該做的是切切實實地組織一段新的感情，且在新感情中獲得活力。那如果在秘密中展開一段新關係因而產生了一絲愧疚，那麼，這份愧疚説不定可給自己帶來重新關注原有家庭的動力，從而作為對家的一份合理補償。

醒來做夢

這就是你永保青春的秘密嗎？

如果不是你們，我不會在彼岸街頭享受如此無拘束的瞬間，這種我夢寐以求的存有和想願。

沒想過生活變得如此空靈，如葬花，灑在落日樓頭。單調又重複是沒有間斷的節奏，心潮就是沒有色彩的破洞。難道這就是你今生的宿命嗎？靜翹啊！「請念我的名字，告訴我遠方的顏色、構圖和質感，向我招手，牽扯出一襲華美的袍服，穿上藝術的美裝，就算落在遙遠的街頭，那仍是我甘心樂意的期願！」

因時光無序，錯落的遠方仍然等待着我的呼喚嗎？

媽你還不知道我對藝術的堅持嗎？中學時候已跟藝術不相干的事情糾纏不清，終於脱離了羈絆如脱離肉身，您還要我重回過去走過的路嗎？如果在元島當個老師是您的宿願，就像從前的您，而我只怕活像薛西弗斯般永劫回歸。

老師啊！他們都是努力的人，是學生的福氣。在清晨初露凝固，在黃昏夕影灑落，他們沒有行走在路上或安坐家中，在沒有完結的書桌前只有拼命的批閱、修改和審議，如果凌晨沒有鼾聲，是基於新一年換來了新一批學子的前途，且在倒數着時間。時間正在倒數，除了學子，還有老師自己，還有……我。

我敢說，很多時候教師已失去了起初那份熱情，但又不自覺地重複着各種磨人的工作，慢慢地起了爭端，於是，所有人的精神只專注於微不足道的事情，而忘卻了微風中學的靈韻之花竟然在眾人遺忘下凋謝。

小白菊已開落了，甚麼時候可以恢復初晴，或灑一場綿密的雨。我但願把花葬在泥土裏，讓花成為養分，然後重生。媽，你知道嗎？藝術就是我的養料，在我的生命滴下脂油。我曾想像自己在中學畢業時，那漂黃了的天是我新生命的開始，考進微風大學藝術系是我活得快慰的理由，沒想過四年藝術系的生命就此結束，我還以為我可以與藝術終生廝守，而您知道藝術的血液是使我活得年輕的唯一秘訣嗎？

那天，我在藝術室悶上了整個下午，學生如貫進入，我又再次指導他們基礎美術，用色、構圖與質感，然而，在我心裏只在想像自己的藝術風格和可能，而這種追求還只有在獨個兒的時候才可以實現。

我不懂得甚麼時候得罪了這個小孩，她就是直把我當奴隸，禮貌固然談不上，她說的那句：「靜翹老師，無怪乎你永遠只當個中學藝術老師！」，根本地成為我往後日子的夢魘。

推開門扉就是無窮的黑洞，洞裏的獸彷彿隨時撲出來噬咬自己的靈魂，如果每天仍舊是迴環往復般活着，似乎，我的命運就只剩如一塊石頭，抽乾了水分也蒸發了感情。

我告訴她，我不是故意打翻她的顏料，顏料卻沾染了她的校服。從後看着她跑離開藝術室時，那幻化的色彩學在校裙上點染出魔幻的調子，可以說，這才是我創造出來的藝術意義，如果要學習藝術，也就應該從這種方式學起。

這天離開學校，疲累的身軀預表整夜的茫然，當老師就是這樣忙碌至有一天沒一天。我端看着眼前的畫作，意識浮游於工作與藝術之間，思緒無法飄飛，藝術之魂徹底失落，我意識到自己和藝術開始存在無形的分界線。

於是，我跑到街上，灰濛澹泊的天，元島下了秋夜的第一場雨。我手捧着小白菊，低垂地抽泣着，小白菊是藝術的表徵，就像是心間的一窪青白，本來應生長在無垠的原野。

游離沒有邊界，我仍在街道上漫走，走過藝廊的櫥窗，我不禁凝視，我本以為自己將會這樣渡過尋常日子的。

我不要如《月亮和六便士》的史崔克蘭，到四十歲才放棄所有來追求畫畫的生活，我要在年輕之時，主宰自己的生命意義。

在微醺的雨夜，我獨自擁抱着另一個我，然後告訴自己說：「靜翹啊！你的消失不是你本來的想願，你既然在現實中無法掙脫，那倒不如幻化成跫音，彈奏自己生命的樂章，反正你本來已不存在，現在的消失其實只是某種更有意義的重生。」

青春的意義就在自己的追求。我來問你，這世界甚麼人是最快樂的？那就是畢生都在做着自己喜歡的事情的人。

其實元島的變奏已不是甚麼秘密，城市根本地變奏出那沒有靈魂的哀痛。

如果要說元島的生命，那就是波特萊爾的憂鬱！

基於元島政府為了發展經濟，於是把島內的美術館都關閉了，統統改為重視生產力的商業大廈。政府至少也應將博物館遷往較偏遠之地，而不是就這樣徹底關門。

然而，自我在元島內就讀微風大學起，考進藝術系時本已打算當全職畫家，媽自是不悅，就連藝術系教授也不鼓勵我這樣選擇。其實微風是皮膚最重要的觸感來源，「纖細與輕柔」是微風大學的校訓，甚麼時候我們把古訓徹底地忘卻了？

自經濟發展後，元島在四圍種植了彼岸花，說彼岸花吸引客旅。其實彼岸花的紅彤如泣血，那到底是地獄來鴻還是葬花不滅，我根本不懂。然而，我懂得的是，元島老早已沒有了她本來的信仰，除非這裏可以重新注入新的意韻，創造新的藝文格局。

我不是說要摒棄商業大廈的繁昌，但你們沒有覺察嗎？美學才是商業大廈最需要的血液。

我要怎樣掙扎下去來抵抗平白的異常，其實他們都很正常，異常的是我，然而異常才是我原有的常態。

我決意和元島道別，離開微風中學不代表沒有痛感，老師和學生都很努力，只是，雖然我知道追逐夢想猶如追逐自己的厄運，然而我還是要把自己擺上，因為我要追逐內心的新藝術境界，來保持年輕的想像。

我要感謝你們，約晧和之睿！

我們都在微風大學畢業，異想天開的不僅是我，約晧天生就像擁有建築學的眼睛。眼前是同系列的樓房，灰白格仔如沒有洗煉過，要不然就是金碧輝煌，庸俗得使人害怕。

我在微風大學的高桌晚宴與約晧同桌，談起藝術的意義，我被眾人視為擁有甜美的靜鬱，與約晧這陽光男孩剛好對立，卻異常地投契。

「視覺藝術的魔幻是生活中不可丟掉的唯美，如果有一件東西可以永恆，那就是藝術的本質，在末日煙火焚燒的瞬間，那火中不滅的仍舊是，那沒法燒掉的藝術之靈。」我說完這番話，只有約晧給我鼓起掌聲。

然後，大學畢業了，同學都當老師，或者有些在讀研究院，但約晧這個人沒打算找工作。他說工作從來都不是一份份的，工作其實是一件件的。

他讀建築的意義，就是為尋找自由。建築教曉約皓的事就是「喜歡的東西才有價值」，因為創造出來的東西不一定美好，忠於自己內心的東西才是美好的。

他曾說過要把靈魂的氣味融進建築裏，因為所有建築都需要有自己的氣味，而不同的氣味就如不同房子的炊煙，都有着自己的顏色。

那天，約皓把我帶進那棟稱之為元島最難以理解的建築裏，就是他最滿意自己的建築風。人說建築怪形怪相，約皓卻說這就是獨有的存在；人說建築陰暗，約皓卻說暗中透出了一點光。

然後，約皓牽着我的手，走向大廈天台告訴我：「靜翹，你沒看見遠方的彼岸嗎？那裏青白的彼岸花正開，且忠誠地開着，我也想像在那裏起一棟前所未有的大樓，光是想像已快樂不已。」於是我也向遠方眺望，原來一直沒察覺的那一點星光很美，我想這就是我要追求的光之永恆了！

今天我在月台瞥着一輛又一輛駛過的列車，高速如光影之袂離，這就是大概我應離開現有工作的時候了。我不是不願意當一個不折不扣的視覺藝術科老師，我只是拒絕重複，和那種被動地接受的生活。

至於讀植物學的之睿則非常重視細節，他懂得如何把生活顯微，在顯微鏡下人總會發現生活的內韻，那份細微的價值。

手上的小白菊凋謝，如靈韻的失去；而城市失去靈韻，就如陷入戰亂中，使人無法平靜下來。

我明白小白菊缺乏養分如我，幸得後來在店鋪裏遇上之睿，他告訴我怎樣打理小白菊，怎樣在細節中體會個人專屬的快樂！

為了從簡單植物開始學習，之睿手捧着一盆苔玉球，走至我面前說：「靜翹，這是送你的植物，請注意怎樣配合陽光的作用，它本身不太需要陽光，但苔玉球上面增添的植物也是需要光的，這種細節必須關注，就像我們仔細地關注自己的身體一樣。」

我收獲了苔玉球，仔細地看，原來它是如此細緻又緊纏在一起，就像一份肯定，對自我執着的肯定。我知道這是之睿對我的好意，他懂我的羞澀，卻又用這盆微小的植物告訴我甚麼是纖細的日常。

他告訴我，原來彼岸花的色澤可以轉變。從前的紅彤驟逝，換上新的青白，就像是塗滿了新的色澤，當地獄的血液已流乾，回到世間重新呼吸氧氣時，重生而來的歎喟可因而變得真實和滿足。

端看遠方的鳥，從左至右，從右至左，從下至上，從上至下，都是自由地飛翔着。我伸手至空中，鳥會以為我是相同的種類嗎？鳥會帶我到彼岸的島嗎？還是，只有小白菊，和我自己留在元島這個不屬於我的地方。

元島是這裏的名字，我不知道起這個名字的人有甚麼考量，只是，城市的人似乎忘記了島的由來，元島的風尚其實來自「元」的意義。然而，我們都以為「元」就是錢財，彷彿島的本命，其實不是，由此至終，「元」是一位戴着長型寬邊帽的女子正在跳舞。

她的舞蹈輕盈得如蒲公英，可隨時飄散到不同角落。而我亦打算隨風飄蕩，以各種形狀出現，有時寫實，有時印象，有時抽象，其實，我從來沒有既定的狀態。

長街燈影下沒有風聲，我因自己的想願受着自己的感動，離群自若，靈魂獨舞，於是，我就這樣在街上跳着自己的舞。

我要向世界宣告，我將要在元島消失，我不懂得自己將被置身於怎樣的彼岸，然而，我卻曉得失去的意義，因為失去其實是新生命的獲得。消失原來何其美好，猶如幻滅美學。

而在約晧和之睿的陪伴之下，我終於明白自己有自己的選擇，是何等重要的事情。我最終是否能走到乾涸無人的地方尋回失去的靈韻，重新栽種靈韻之花，在彼岸發現屬於自己的彼岸花，還是很使人期待的。

此刻，我顧不得鏡像地面是如何地淒美，斜坡增加了我的速度，我只打算捧着雨傘，不顧一切地向前奔跑，直至我聽見彼岸的風聲為止。

月台上長長的人影，指示白鴿的方向，飛往日落的那邊，可能想像月台也開出花來，預表我或者美好的未來。

終於，我踏出了離開元島的腳步，雖然即將闖進無人的冬天，我感忽然熱淚盈眶，而手中捧着從前的小白菊，再次使我感受着摯誠的祝福。

啟航的片刻，元島逐漸縮小，慢慢沒入洞穴裹，那沒有聲光的破洞中。

而在那看不見遠方有彼岸，我還未認清那裏的花是怎樣地開，但我卻可以想像各種怪異的建築和纖細的植物，正按着自由的方式呈現着，沒有界限。

媽！有天我必定回來，給您擁抱那個新的我。元島，我也從來沒有想過放棄你，只是，我要先把自己開墾，用最合適自己的形狀回來，捧着新的小白菊，來填補元島人的內心。

「靜翹呀，你是如此年輕，在最美好的年華穿上最美好的盛裝，告訴我你將會迎向甚麼顏色、甚麼構圖和甚麼質感，然後是怎樣新的自己！」

這就是我永保青春的秘密嗎？

香港城市大學中文及歷史學系
創系十週年叢書 10

梨貝街6號
從城市變奏到不存在的城

陳志堅 著

叢書總編 程美寶 陳學然

責任編輯 邢 婕

裝幀設計 簡雋盈 陳佩珍

排 版 陳美連

印 務 劉漢舉

出版

中華書局（香港）有限公司
香港北角英皇道 499 號北角工業大廈 1 樓 B
電話：（852）2137 2338
傳真：（852）2713 8202
電子郵件：info@chunghwabook.com.hk
網址：http://www.chunghwabook.com.hk

發行

香港聯合書刊物流有限公司
香港新界荃灣德士古道 200 - 248 號
荃灣工業中心 16 樓
電話：（852）2150 2100
傳真：（852）2407 3062
電子郵件： info@suplogistics.com.hk

印刷

美雅印刷製本有限公司
九龍觀塘榮業街 6 號海濱工業大廈 4 樓 A

版次

2024 年 12 月初版

規格

32 開（190mm × 130mm）

ISBN

978-988-8912-11-7